내 손안의 태양

내 손안의 태양

가브리엘레 클리마 지음
최정윤 옮김

아라미

안드레아와
그에게 날개를 달아 준 파비올라에게

1

다리오는 자신이 왜 불려 온 건지 이해되지 않았다. 이번에는 그리 큰 사건이 아니었다. 겨우 문고리 하나 망가졌을 뿐인데. 눈을 씻고 찾아봐도 멀쩡한 문고리라곤 없는 이 학교에서 말이다! 심지어 방금 들어온 교장실의 문고리도 위태위태하다. 멍청이들 눈엔 안 보이는 모양이다.

"다리오!"

델프라티 선생님이 소리쳤다. 다리오는 의자에서 벌떡 일어났다.

"교장 선생님께서 말씀 중이시잖아. 이 썩은 사과 같으니."

작은 소리로 한 마디를 덧붙인 델프라티 선생님은 학생들을 자극하는 법을 잘 알고 있었다.

'썩은 사과라…'

다리오는 이런 말들에 익숙했다. 그가 정말 참기 힘든 건 델프라티 선생님이 교실에서 한 말이었다. 그 말 한마디로 사태가 이 지경이 되었다.

"다리오, 넌 썩은 사과야. 다들 아는 사실이잖아, 안 그래? 그래서 너희 아빠도 널 떠난 거고."

델프라티 선생님은 반 친구들이 보는 앞에서 별거 아니라는 듯 이렇게 말했다. 다리오는 인상을 쓰며 주먹을 불끈 쥐고 자리에서 벌떡 일어났다. 반 아이들은 다리오가 그 부르르 떨리는 팔로 선생님을 날려 버릴 거라 생각했다. 그러나 예상과 달리 다리오는 문을 박차고 나가 버렸다. 그때 샴페인 코르크가 튕겨 나가듯 문고리가 떨어져 나갔다.

"다리오."

교장 선생님이 말했다. 그의 목소리는 모래처럼 무미건조했다.

"내가 너를 왜 불렀는지 알지?"

질문인가? 질문 같지는 않았다.

"네가 한 일에 대한 책임을 물으려는 거다."

다리오는 교장 선생님의 이마를 쳐다보았다. 부분 가발을 고정한 핀이 마치 꿰맨 자국처럼 가짜 머리카락 사이로 튀어나와 있었다. 「프랑켄슈타인」이라는 옛날 영화에서 본 지퍼 같았다. 다리오는 웃음을 참으며 시선을 아래로 떨구었다.

"뭐가 그리 재밌어?"

"아니에요. 딴생각을 했어요."

"그랬겠지. 네가 늘 그렇지. 걱정 말아라, 금방 내보내 줄 테니까. 네게 설교할 생각은 없어. 그래 봐야 소용도 없고. 오늘은 깜짝 선물을 준비했단다."

교장 선생님은 창가로 가더니 턱을 들고 밖을 보았다.

"오늘 아침은 뭔가 분위기가 달라 보이지 않니?"

그는 책상으로 돌아가 서류함에서 종이 한 장을 꺼냈다.

"여기."

그는 다리오의 얼굴에 종이를 내밀면서 말했다.

"오늘부로 너는 이 기관의 자원봉사자로 등록되었어."

델프라티 선생님이 엷은 미소를 지었다.

"자원봉사라고요?"

다리오가 따라 말했다.

"그래, 봉사."

교장 선생님이 말했다.

"이게 뭐냐면,"

그가 일어나더니 책상 주위를 빙 돌았다.

"지금 이 순간부터 정해진 날짜까지 네가 이 학교에 다니는 '불우

한' 아이를 돌봐야 한다는 뜻이야."

다리오는 델프라티 선생님을 흘끗 보았다. 그녀는 복권에 당첨된 사람처럼 웃고 있었다.

"그러니까… 장애자를 말씀하시는 건가요?"

"'장애인'이라고 하는 거야. 이제부터는 이렇게 부르도록 해라."

다리오는 대답하지 않았다. 교장 선생님은 뒤돌아 자리로 돌아 갔다.

"넌 똑똑한 아이니까. 잘 해낼 거라 믿는다. 내일부터 시작해라."

말을 마친 교장 선생님은 나가라는 손짓을 하더니 하던 일을 하 기 시작했다. 다리오는 잠자코 일어나서 문 쪽으로 향했다.

"참, 그리고 경고하는데,"

교장 선생님은 책상에서 시선을 떼지 않고 말했다.

"한 번만 더 이런 일이 생기면 큰일 날 줄 알아라. 그때는 이 정 도로 끝나지 않을 거야."

다리오는 대답하지 않았다. 어깨를 한 번 으쓱하더니 뒤돌아 손 바닥으로 문고리를 눌렀다. 그러자 문고리가 '쩍!' 소리를 내면서 툭 떨어졌다.

"야!"

델프라티 선생님이 소리를 꽥 질렀다.

"이런…."

다리오가 말했다.

"이거 돌려드릴게요."

그러고는 주운 문고리를 교장실 안쪽으로 던졌다. 문고리는 공중에서 정확히 포물선을 그리며 날아갔다. 교장 선생님은 얼른 일어나 몸을 앞으로 내밀고 문고리가 책상에 떨어지기 전에 낚아챘다.

"당장 나가!"

얼굴이 붉으락푸르락해진 교장 선생님이 소리쳤다.

하지만 다리오는 이미 복도에 나가고 없었다. 그는 주머니에 손을 찔러 넣고 웃으면서 걸어갔다.

그래도 달라질 건 없었다.

'자원봉사 활동에 장애인이라니…. 젠장.'

2

"왔니, 아들?"

익숙한 수프 냄새와 함께 부엌에서 엄마의 목소리가 날아왔다.

다리오는 수프 냄새도 엄마의 목소리도 알아채지 못했다. 그는 거실을 지나 방에 들어가 침대에 몸을 던졌다.

이불에 얼굴을 파묻고 가만히 누워 있었다. 아무 생각도 하지 않으려고 애썼지만 그 어처구니없는 하루의 피로가 상한 우유처럼 그의 배 속에서 짙게 퍼져 나갔다.

"다리오?"

엄마가 문틈으로 들여다보며 말했다.

"이거 두고 갔더라."

엄마는 들어와서 의자에 책가방을 놓아두었다.

"괜찮니?"

다리오는 대답하지 않았다.

"다리오…"

엄마는 한숨을 쉬었다.

'무슨 말을 듣고 싶은 거예요? 엄마.'

다리오는 속으로 생각했다.

'전혀 괜찮지 않아요, 알잖아요. 역겨워요, 어제도, 그제도. 다 똑같아요. 달라진 게 없어요. 그런데도 엄마가 알려고 한다면, 자원봉사 처분까지 받은 오늘이야말로 최악이에요.'

"다리오…"

"네, 네, 엄마, 별일 없어요."

"정말이지?"

"괜찮다니까요."

엄마가 다가와 침대에 걸터앉으며 아들의 손을 만졌다.

"엄마한테 털어놓고 싶으면,"

"아니에요, 엄마, 저는 괜찮아요. 그냥 좀 혼자 있고 싶어요. 잠깐이면 돼요."

"뭐 좀 먹어야지?"

"생각 없어요. 이따가 먹든지 할게요."

"그러면 치우지 않고 놔둘게. 음식도 수프도 그대로…"

"네 엄마, 편한 대로 하세요."

엄마는 한 번 더 다리오를 쓰다듬고 일어나서 방을 나갔다.

아빠가 있었다면 힘을 써서라도 억지로 다리오를 데리고 나왔을 것이다. 어릴 때처럼. 아빠에게 중간은 없었다. 이거 아니면 저거였다.

아빤 '좋은 게 좋은 거지.' 하면서 빠져나올 수 없는 엄청난 힘으로 제압하곤 했다. 아빠라면 당연히 그래야 하는 거다. 그렇다.

아빠는 그를 '다리오 대왕'이라 불렀다. 페르시아의 다리우스 대왕처럼. 웃는 얼굴로 대왕이라 부르며 어깨를 토닥여 주었다. 다리오는 아빠와 함께 있으면 다리오가 얼마나 위대한 왕이 되는지 아빠가 느끼게 하고 싶었다. 하지만 다리오는 대왕답게 행동하지 못했다. 그랬다면 아빠가 떠나지 않았을 것이다. 9년이 지났다.

엄마 방에서 TV 소리가 들렸다. 그는 발을 뻗어 발길질로 방문을 닫았다. 얼굴을 베개에 파묻었다.

정적이 그의 눈과 귀를 가득 메운 가운데 그는 잠들었다.

3

"다리오! 어서, 이리 와!"

델프라티 선생님의 목소리가 체육관에 울려 퍼졌다. 마치 고무오
리가 꽥꽥대는 소리 같았다. 델프라티 선생님처럼 허울뿐인 가짜
오리 말이다.

"얘는 안드레아란다."

선생님은 옆에 휠체어를 탄 아이를 가리키며 말했다.

"우린 앤디라고 불러, 우리 앤디."

선생님이 쓰다듬자 앤디는 반짝이는 두 눈을 이리저리 굴렸다.

"다리오, 오늘부터 넌 앤디를 돌보게 될 거야. 옆에 있으면서 필
요할 때 도와주면 되는 거야."

다리오는 휠체어에 의지한 그 이상한 형체를 유심히 바라보았다.

앤디라는 아이는 움직이는 대신 곁눈질을 했고, 두 눈을 뒤집어까서 마치 다른 사람들 눈에는 보이지 않는 뭔가를 찾는 듯했다. 그는 마치 부러진 셀러리 줄기 같았다.

'그런데 휠체어를 탄 멍청이가 필요한 게 있기는 할까?'

다리오는 생각했다.

앤디의 뒤에는 마시멜로처럼 둥글고 말랑말랑해 보이는 어떤 여자아이가 휠체어 손잡이를 잡은 채 미소 짓고 있었다.

델프라티 선생님이 헛기침을 했다.

"다리오, 이제 새 친구에게 네 소개를 해야지?"

다리오는 콧소리를 내며 한 발 앞으로 걸어가 손을 내밀었다.

"안녕?"

앤디가 다리오를 쳐다보았다. 그는 고개를 갸우뚱하며 하품하듯이 입을 벌렸다.

"다리오, 넌 참 눈치가 없구나."

델프라티 선생님이 실실 웃었다.

"앤디는 몸을 못 움직여, 모르겠니? 네가 앤디의 손을 잡고 직접 흔들어야 돼. 단, 부드럽게, 아주 섬세한 아이니까."

다리오는 몸을 숙여 그의 손을 잡았다. 앤디의 손은 아주 가벼웠다. 새의 날개 같았다.

"안녕, 난 다리오야."

다시 인사했다. 바보가 된 기분이었다.

"참 보기 좋구나."

선생님이 말했다.

"이제 소개도 끝났으니 둘이 시간을 보내라. 사이좋게 지내야 한다. 내 도움이 필요하면 찾아오고."

선생님은 뒤돌더니 서둘러 자리를 피했다. 다리오는 생각했다.

'사이좋게 지내라니 이 무슨 웃기지도 않는 소리야? 그런 말은 어린애들한테나 하는 거지. 아님 멍청한 애들이나. 어쩌면 저 선생님은 우리 둘을 그렇게 생각하고 있는지도 몰라.'

"난 엘리사야."

휠체어 뒤에 선 마시멜로가 말했다.

"몇 가지 설명해 줄 게 있어."

"와. 기대되네."

다리오가 대답하자 엘리사가 웃었다.

"난 앤디를 돌보는 일을 좋아해. 그런데 모두가 그런 건 아닌 것 같아."

"저기, 이건 내가 원해서 하는 일이 아니야. 그러니까 좀 서둘러 줄래?"

엘리사가 또 웃었다.

"미안."

그녀가 말했다.

"그런데 '서두르다'라는 말은 쓰지 않는 게 낫겠어. 자전거 타는 법을 배우는 게 아니잖아. 이건 더 복잡한 거야. 무엇보다 시간이 걸리는 일이지. 시간이 지날수록 더욱 능숙해지는 일이야. 그래서 '서두르다'라는 표현은 적절하지 않아."

"알겠어. 할 말이 뭔지 어서 해 봐."

엘리사가 웃었다.

"쉽지 않을 거야, 그렇지?"

그때 앤디가 웃었다. 침 한 방울이 턱을 타고 흘렀다.

그렇다. 결코 쉽지 않을 것이다.

4

첫 주는 정말 힘들었다. 게다가 시간이 느리게 지나갔다. 지독히
도 더뎠다. 하루 4시간의 봉사 활동의 끝이 보이지 않았다.

문제는 앤디가 아니라 엘리사였다. 시도 때도 없이 웃기만 하는
사람과 붙어 있는 것은 곤욕이었다. 매일, 매 순간 다리오가 엘리
사를 쳐다볼 때마다 그녀는 미소를 지었다. 일부러 그러는 게 아니
라 원래 그런 얼굴로 태어난 것 같았다. 역겨웠다. 설탕을 졸여 만
든 캐러멜을 먹는 것 같았다. 매일 먹다 보면 결국 질려서 구역질이
난다.

반면에 앤디는 그다지 귀찮게 굴지 않았다. 가끔 침을 흘려서 손
수건으로 턱을 닦아 줘야 하는 것 말고는 그는 있는 듯 없는 듯했

다. 말은커녕 신음 소리 하나 내지 않았다. 물론 말도 필요 없었다. 앤디가 뭐라 요구하기도 전에 엘리사가 알아서 척척 처리했으니까. 늘 모든 것이 준비되어 있었다. 게다가 언제나 미소를 머금은 채 말이다.

'앤디는 무슨 수로 그녀를 감당하는 거지? 옆에서 무슨 일이 일어나고 있는지 모르는 걸까, 아니면 다 알고 있는데 신경 쓰지 않는 건가?'

다리오는 앤디에게 음료수를 먹인다거나 점심 먹을 때 턱받이를 해 주는 정도의 간단한 일을 맡았다. 그리고 엘리사는 다리오에게 휠체어를 밀고 학교 안팎으로 이동하는 방법과 계단을 오르내리고, 길가의 연석을 넘어가는 방법을 가르쳐 주었다.

매일 그들은 교실과 같은 층에 있는 도서관 옆 베란다로 앤디를 데려갔다. 그 구석에는 성당에 온 듯 태양빛의 향연을 감상할 수 있는 아주 높은 창문이 있었다. 창문 너머로 나무와 벤치, 그리고 사람들이 산책하거나 모여서 수다를 떨고 있는 안뜰이 보였다.

앤디는 웃으면서 이리저리 눈동자를 굴렸다. 어딜 보는지, 뭘 보는지는 알 수 없었다.

이따금씩 엘리사가 일어나 이렇게 말했다.

"어디 좀 다녀올게."

그러고는 폴짝폴짝 뛰며 복도를 따라 멀리 사라졌다.

그러면 다리오에게 5분이라는 시간이 생긴다. 엘리사가 없는 5분. 5분간 그걸 피울 시간.

"이게 뭔지 알아?"

다리오는 주머니에서 봉지 하나를 꺼내며 말했다.

"이건 마리화나야. 좋은 거지."

봉지 안에 든 것을 두 손가락으로 조금 집어서 종이에 넣고 돌돌 말았다.

"이거 조금만 있으면,"

그가 말했다.

"모든 문제가 사라져."

그러고는 벽에 기대앉아 불을 붙이고 입 한가득 쭉 빨아들였다.

그 한 모금에 마음이 가벼워졌다. 한 모금에 엘리사의 바보 같은 미소가 잊혔다. 한 모금에 다리오는 고요하고 자유로운 곳에 와 있었다. 그 한 모금이 저녁까지 버티게 해 준다.

그날따라 태양이 너무나 뜨거웠다. 베란다의 창문은 석쇠처럼 달아올랐다.

"너무 많이 껴입힌 거 아니야?"

다리오가 땀을 흘리는 앤디를 바라보며 말했다.

"무슨 말이야? 그렇지 않아."

엘리사가 대답했다.

"추워 죽겠는데."

"춥다고? 한여름 같은데?"

"한여름 같기는! 앤디 같은 애들은 추운 것보다 더운 게 나아."

그러고는 몸을 숙여 앤디에게 모자까지 씌워 주었다.

"추위는 해로운 거야, 그렇지?"

엘리사가 앤디에게 말했다.

"추위 나빠. 나빠, 나빠. 나쁜 추위."

앤디는 눈을 굴렸다.

"모자는 벗겨 줘. 더운가 봐."

"그건 네 생각이고."

"글쎄, 내 말이 맞는 것 같은데."

"뭐가 맞다는 거야?"

"계속 머리를 움직이잖아. 불편하다는 뜻이 분명해."

엘리사는 하늘을 올려다보았다.

"아유, 앤디는 항상 이렇게 머리를 움직여. 몰랐니?"

"모자가 불편해서 그러는 것 같아. 이렇게밖에 표현할 방법이 없잖아?"

"굳이 표현하지 않아도 난 알아. 그게 내 일이니까."

다리오가 앤디를 쳐다봤고 둘은 시선을 주고받았다.

"덥다고 하는 것 같아."

"그만 좀 할래? 네가 뭘 안다고 그래?"

"그래 보여."

"아이참, 내가 아니라잖아."

엘리사는 콧바람을 내뿜으며 휠체어를 다리오 쪽으로 돌려 주었다.

"여기 있어. 난 잠깐 어디 좀 갔다 올 테니까."

'그래, 가 버려.'

다리오는 속으로 생각했다.

"모자 벗기지 마."

엘리사는 마지막으로 당부한 뒤 복도 저 멀리 사라졌다.

다리오는 벽에 등을 대고 바닥에 앉았다. 그리고 중얼거리면서 주머니에서 봉투를 꺼냈다.

"정말 감당 안 되는 애야."

두 손가락으로 잎을 집어서 종이에 넣고 돌돌 말았다. 다리오는 앤디를 바라보며 물었다.

"넌 어떻게 참는 거야? 나라면 하루 종일 때려 줬을 거야."

앤디가 고개를 끄덕이더니 곧 골골 소리를 내기 시작했다.

"왜 그래?"

다리오가 물었다.

"…트양."

앤디가 말했다.

"어? 너 말할 줄 아는구나!"

"…트양."

앤디가 다시 말했다.

"태양? 태양을 보고 싶어? 휠체어를 돌려 줄까?"

그러자 앤디가 웃으면서 입을 벌렸다. 다리오는 일어나서 휠체어 손잡이를 잡고 창 쪽으로 돌렸다. 구름 한 점 없는 하늘에서 밝게 빛나는 태양이 보였다.

"오늘 정말 덥다."

다리오는 몸을 숙여 앤디의 모자를 벗겨 주었다.

"이제 뭘 해야 하는지 알아?"

다리오가 말했다. 그러더니 휠체어를 돌려서 복도로 들어가 안 뜰로 향했다.

이미 수업 시작종이 쳤기 때문에 다른 아이들은 교실로 돌아가고 있었다. 뛰어가는 아이도 있고 걸어가는 아이도 있었다.

'날이 이렇게 좋은데 조금 늦는 게 무슨 대수람.'

누가 뭐라 하든 상관없었다.

그때 한 여자아이가 휠체어에 부딪쳤다.

"이봐!"

다리오가 소리쳤다.

"미안."

그 여자아이가 말했다. 여자아이는 다리오와 앤디를 보고는 미소를 짓고 서둘러 뛰어갔다. 앤디가 골골 소리를 냈다.

"봤어? 너한테 반했나 봐."

다리오가 말했다.

"왜 말 안 걸었어?"

앤디가 웃었다. '그걸 어떻게 알아?'라고 눈빛으로 말하는 것 같았다.

"너, 방금 기회를 놓친 거야."

다리오가 말하며 깔깔댔다.

'어쩔 수 없었어.'

다리오는 앤디가 무슨 말을 하는지 알았다. 기다리라고, 다음에는 놓치지 않는다고 말하는 것 같았다. 다리오는 웃으며 말했다.

"그래, 다음에는 놓치지 마."

그들은 안뜰에 있었다. 바다 같은 푸른빛에 잠겨 다리오는 마리화나를 피웠고 앤디는 햇볕을 쬐었다.

하지만 그 시간은 오래가지 않았다. 얼마 지나지 않아 엘리사가 전투 폭격기처럼 불쑥 나타났기 때문이다.

"너 미쳤어? 뭐 하는 거야?"

"진정해, 조금 둘러보고 있었을 뿐이야."

"앤디는 밖에 나가면 안 된다고 내가 말했잖아. 추운 곳엔 데려가면 안 된다고!"

"지금 기온이 30도야!"

"30도! 앤디 같은 애한테 30도가 어떤 건지 네가 뭘 알아?"

"그만 좀 해. 땀까지 흘리잖아. 앤디도 너한테 덥다고 말하고 있어."

엘리사가 얼굴을 찌푸렸다.

"그래도 안 돼. 그래서 내가 있는 거야."

그녀는 휠체어를 홱 잡아챘다.

"저리 가, 내가 할 거야."

그러나 다리오는 휠체어를 놓지 않고 손잡이를 꽉 쥐었다.

"비키라고 했어. 대체 왜 그러는 거야! 내가 너를 썩은 사과라고 부른 것도 아니잖아?"

다리오는 그녀를 흘겨보았다. 하지만 잠시 뒤 휠체어를 힘껏 밀어서 그녀에게 넘겨주었다. 그때 앤디의 몸이 살짝 튕기며 고개가 앞으로 푹 꺾이고 말았다.

엘리사는 놀라서 입이 떡 벌어졌고 휘둥그레진 눈으로 다리오를 쳐다보았다.

"앤디가 고꾸라질 뻔했어. 너, 뭐가 문제야?"

엘리사가 따져 묻자 다리오가 말했다.

"기분 전환을 시켜 줬을 뿐이야. 네 방식대로 하면 이 '반 바보'는 지루해 죽을지도 모른다고."

"흥, 두고 보면 알겠지."

엘리사가 중얼거렸다. 뒤를 돌더니 앤디를 데리고 계단으로 향했다.

다리오는 움직이지 않았다. 태양을 바라보았고 하늘을 바라보았다. 나무가 하늘을 찌르고 있었다.

"젠장."

그는 자리에 털썩 주저앉았다.

5

"바보라고 했니?"

델프라티 선생님이 물었다.

"장애가 있는 아이에게 바보라고 했어?"

"반 바보요."

다리오가 말했다.

"반 천재라고 하는 거나 마찬가지 아니에요?"

델프라티 선생님은 얼굴을 찡그렸다.

"나라면 그런 짓궂은 짓은 안 할 거다. 넌 휠체어에 의지해 살아가는 아이를 욕했어. 열등한 조건에 있는 사람을 모욕한 거야."

"그래서요? 그래서 선생님은 매일 저를 썩은 사과라고 부르시는 건가요?"

델프라티 선생님은 못 들은 척했다.

"앤디가 휠체어에서 떨어지기라도 했으면 어쩔 뻔했어? 흥, 그건 미처 생각 못했겠지."

하지만 다리오는 알고 있었다. 모를 리 없었다. 그가 가장 원치 않는 것이었다. 태양이나 안뜰, 터질 것 같은 엘리사의 붉은 얼굴은 안 보면 그만이지만, 앤디가 다치는 일은 절대 일어나선 안 된다.

다리오는 바로 옆에 있는 앤디를 쳐다보았다. 그와 수천 킬로는 떨어져 있는 느낌이었다. 앤디는 창 쪽으로 눈을 돌렸다. 그를 다른 세상에 데려다주는 커다랗고 노란 아름다운 그것을 향해. 어쩌면 그 순간에 앤디는 정말로 딴 세상에 있었는지 모른다. 이 구역질 나는 것들을 벗어나 그가 원하는 곳에 말이다. 또 어쩌면 이 바보는 생각만큼 그리 바보가 아닐지도 모르겠다.

"왜 대답을 안 해?

델프라티 선생님이 따지듯 물었다.

"선생님 말씀이 맞아요."

다리오가 말했다. 다리오는 태양, 어딘가 다른 곳, 그리고 자유를 생각하고 있었다.

"죄송해요."

그가 덧붙였다.

선생님은 대답하지 않고 다리오를 쳐다보았다. 진심이냐고 묻는 듯했다. 그는 진심으로 앤디에게 미안했다.

"그래, 알았다."

결국 선생님이 대답했다.

"없던 일로 하자꾸나."

'그러면 그렇지.' 하고 다리오가 생각했다. 줏대 없는 겁쟁이다운 대답이었다.

"장애인을 돌보는 일이 처음이니까, 오늘부터 새로 시작하는 걸로 하자."

다리오는 코를 찡긋했다.

'그럼 대체 지난 한 주는 없던 게 되는 거야?'

이 말은 입 밖으로 내뱉지는 못했고 생각에만 그쳤다.

"그러니까 엘리사만 괜찮다면 말이지."

선생님이 엘리사를 바라보며 말했다.

"봉사 활동이 처음부터 다시 시작되는 거지."

엘리사는 한 마디도 하지 않았다. 반대하고 싶은 마음이 눈에 훤히 보였다. 그걸 숨길 생각도 없어 보였다. 하지만 자기 의견은 중요하지 않다는 것을 엘리사는 알고 있었다.

"괜찮아요."

이윽고 엘리사가 말했다.

"전혀 문제없어요. 가 볼게요."

그러고는 다리오와 함께 문 쪽으로 향했다.

"앞으로 조심해, 너."

교실을 나가면서 그녀가 속삭였다.

셋은 계단 앞에 도착했다. 엘리사는 멈칫했고, 다리오는 휠체어를 돌려서 계단을 내려가기 시작했다.

그새 매우 능숙해진 모습이었다. 팔에 힘도 넘쳤다. 튼실한 팔에서 나오는 그 힘은 엘리사가 그토록 바라던 것이었다. 계단을 오르내릴 때뿐만 아니라 휠체어를 밀 때도 제법 센 힘이 필요하다. 평소에는 생각도 못하다가 맞닥뜨려 봐야 깨닫게 되는 것들이 있다.

어떤 일에 부딪쳐 보는 것, 다리오는 이런 것엔 재능이 없다. 그러나 회피하는 거라면 누구보다 자신 있다. 피하는 건 1등이다. 미루기도 잘한다. 미루는 것은 양심의 가책을 느끼지 않고 회피하는 방법이다.

그런데 왜 그런지 앤디와는 달랐다. 그를 돌보는 일이 버겁게 느껴지지 않았고 그와 함께 지내는 것이 어렵지 않았다. 엘리사나 델프라티 선생님, 교장 선생님 같은 사람들과 있을 때와는 달랐다.

하지만 엘리사를 감당하기란 여간 힘든 게 아니었다. 그녀가 전보다 더 많이 웃어서가 아니라 그녀가 앤디를 대하는 방식이 거슬렸다. 엘리사는 앤디를 아기 다루듯 했다.

'앤디, 신발 신자, 예쁜 손 조심해야지.'

또 어쩔 때는 앤디에게 3인칭으로 말을 걸었다.

'우리 앤디는 춥구나? 엘리사가 셔츠 입혀 줄까? 당연히 그렇겠지, 말하지 않아도 다 알아.'

이런 식이다. 토할 것 같다.

"왜 그런 식으로 말해?"

다리오가 물었다.

"뭐가?"

"얘는 바보가 아니야. 평범하게 대하면 안 돼?"

"앤디는 평범하지 않잖아."

"누가 평범하지 않다는 거야? 네가?"

"아니, 앤디는 휠체어를 타잖아."

"휠체어가 무슨 상관이야? 만약 두 다리가 부러져 걷지 못하면 멍청이가 되니?"

"아니, 생각해 봐, 다리오, 네겐 휠체어가 필요 없어. 네 두 다리도 멀쩡하고…."

엘리사는 빈정거리며 말했고 대화는 이렇게 끝났다.

그들은 다시 베란다를 통해 입구로 나갔다. 뜨겁게 달아오른 창문 아래 펼쳐진 주차장으로 향했다. 앤디는 이따금 태양과 하늘, 창 너머 자유의 공간을 바라보았다.

'자유…. 어쩌면 앤디는 단 한 번도 느껴보지 못했을지 몰라.'

다리오는 생각했다.

'아마도, 그럴지도.'

다리오는 뒤따라오던 엘리사가 모퉁이를 돌아 나오기를 기다리지 않았다.

"준비됐니, 앤디?"

다리오가 휠체어를 돌리며 말했다.

앤디가 부르짖었다.

"트양!"

다리오가 웃었다.

"잘했어. 넌 바보가 아니야, 이제 알았지?"

그리고 달리기 시작했다.

6

쏜살같이 학교 정문에 도착했다. 콘크리트 경사로를 내려와 외부로 이어지는 광장을 가로질렀다. 그렇게 내달리다 보니 휠체어를 잡은 손이 야생마를 탄 것처럼 들썩거렸다.

앤디는 웃으면서 입을 벌려 소리를 질렀고, 햇빛이 그의 얼굴을 비추었다.

그들은 우회로를 타고 한동안 쭉 달리다가 공원으로 들어갔다. 레이싱 카처럼 쌩쌩 달리면서 바퀴로 자갈을 온통 헤집어 놓았다. 그러다 분수 앞에서 멈추었다.

"태양이야!"

다리오가 두 팔을 들고 외쳤다. 앤디는 눈이 휘둥그레져서 하늘을 쳐다보았다. 뺨을 타고 침이 흘러내렸다.

"트양!"

그가 따라 했다.

"맞아, 앤디. 태양이 있는 곳으로 왔어. 창문으로 보던 거 말고 진짜 태양."

다리오는 분수대 연석에 등을 기대고 자갈 위에 앉아 숨을 헐떡 거렸다. 앤디와 태양, 그 진짜 태양을 생각하면서.

잠시 뒤 다리오는 마리화나 잎을 꺼내서 종이에 돌돌 말아 불을 붙였다.

그들은 10분간 그렇게 있었다. 분수에서 튀는 물을 얼굴에 맞으 며 웃는 앤디와 가만히 눈을 감고 마리화나를 피우는 다리오, 그렇 게 둘이 함께 있었다.

"이제 그만."

다리오가 말했다.

"들어가자. 엘리사가 펄쩍 뛰고 난리가 났을 거야."

다리오가 휘청거리며 일어났다. 머리가 어지러웠다. 그는 앤디에 게 몸을 숙여 앞쪽에 물이 튄 모자를 고쳐 씌워 주었다.

그 순간 공원 입구에서 사람들 소리가 들렸다. 정문 앞에서 두 명의 경찰이 한 무리의 사람들과 대화를 하고 있었다. 누군가 다리오와 앤디가 있는 분수를 가리켰다.

"이런, 젠장…."

다리오가 말했다. 관자놀이가 뜨겁게 달아오르는 것 같았다.

휠체어를 돌려서 공원 뒤편을 향해 뒤도 돌아보지 않고 황급히 달렸다. 휠체어가 울타리에 부딪치고 튕겨 올라 하마터면 손잡이를 놓칠 뻔했다.

뒤에서 사이렌 소리가 들리는 것 같았다. 경적을 울리며 지나가는 차를 피해 기차역 방향으로 내달리기 시작했다.

다리오는 광장으로 들어가서 정문으로 나왔다. 마리화나 탓인지 급히 뛴 탓인지 머리가 어지러웠다. 머리, 손, 사람들이 눈앞에서 뱅뱅 돌고, 휘파람 소리와 스피커 소리가 머릿속을 쿵쿵 울려 댔다.

'대체 잎을 얼마나 말아 넣은 거야?'

다리오가 생각할 때 누군가 외쳤다.

"이봐, 조심해!"

옆에 있던 다른 사람이 말했다.

"대체 어딜 가기에?"

다리오는 휠체어를 밀며 사람들을 따라 플랫폼으로 올라갔다.

"잠깐, 여긴 안 돼."

사람들이 말하며 열차 마지막 칸을 가리켰다. 다리오는 멈춰 섰고, 그때 손에서 휠체어가 쓱 빠지는 느낌이 들었다.

"자, 걱정 말고 올라가렴."

누군가 리프트를 작동시켰다. 다리오는 기차에 올랐고 휘청거리며 접이식 의자에 앉았다. 옆에서 앤디는 계속해서 중얼대고 있었다.

"트양! 트양! 트양!"

문이 닫히고 기차가 움직였다.

7

맞은편 아주머니가 웃었다. 벌써 세 번째였다. 다리오는 세 번이나 그런 아주머니를 못 본 체했다.

창밖을 보았다. 들판, 창고, 농가들 사이로 얽히고설킨 길이 보였다.

대체 무슨 짓을 한 건지 얼떨떨했다. 하지만 나쁘지 않았다. 기분이 좋았다. 모든 걸 내려놓았다. 엘리사도 없다.

아주머니가 또 한 번 웃었다. 읽던 책을 내려놓고 안경을 벗었다.

"이름이 뭐니?"

아주머니는 마침내 물었다.

"누구요?"

다리오가 되물었다.

"이 아이. 이름이 뭐니?"

"직접 물어보지 그러세요?"

"…말을 할 줄 아니?"

"당연하죠. 얘는 장애인이지, 바보가 아니거든요."

아주머니는 웃음을 멈추었다. 턱을 들고 몸을 앞으로 기울였다.

"네 이름이 뭐니?"

그녀가 물었지만 앤디는 대답하지 않았다.

아주머니가 목소리를 가다듬더니 또박또박 다시 물었다. 그러자 다리오가 웃음을 터트렸다.

"지금 나 놀리는 거니?"

아주머니가 짜증 난 듯 물었다.

"제가요? 왜요?"

"대답을 안 하잖니."

"모르죠, 대답하기 싫은지도."

아주머니는 눈을 찡그렸다. 다시 앤디를 쳐다보더니 방금 전처럼 미소를 지었다.

"너희 형제니? 닮은 것 같구나."

"그러실 필요 없어요."

다리오가 말했다.

"뭐가 말이니?"

"질문이요. 휠체어를 탄다고 굳이 말 걸어 줄 필요는 없다고요."

"잘 알지. 이상하게 생각할 거 없어. 궁금해서 그래, 원치 않으면 안 할게."

'물론 그렇겠죠. 앤디가 휠체어를 타고 있지 않았다면 내게 말을 걸었겠죠.'

다리오가 피식 웃으며 생각했다.

"네, 맞아요. 형제예요."

다리오가 말했다.

"쌍둥이예요. 닮았죠?"

"그래, 눈이 닮았구나."

정말 멍청하다고 다리오는 생각했다.

"너희는 어디 가는 길이니?"

창밖의 들판이 빠르고 일정하게 지나쳐 갔다. 저 멀리 낮게 깔린 구름은 푸른색을 띠었다. 마치 그림 위에 붓 자국을 낸 것 같았다.

"바다요."

다리오가 말했다.

"아, 바다에 가는구나. 누굴 만나러 가니? 엄마? 친척?"

"당연하죠. 파티마 이모가 계세요. 엘비오 이모부 일로 도움을 드리러 가는 길이에요. 가엾은 이모부, 엊그제 돌아가셨어요. 탈곡기에 끼어서."

아주머니는 놀란 듯했다.

"파티마 이모는 기계에 서툴러요. 이모부를 꺼내 줄 사람이 필요
해요. 아직 탈곡기에 끼어 계시거든요."

다리오의 말에 아주머니가 헛기침을 하며 말했다.

"흠, 그렇구나."

그녀는 다시 안경을 쓰고 책을 읽기 시작했다.

기차는 계속 달렸다.

8

"표를 보여 주세요."

다리오는 잠에서 깼다. 자리에서 일어나 셔츠를 바지 안으로 집어넣었다. 앤디는 옆에서 창문에 머리를 기대고 잠들어 있었다. 아까 말을 걸었던 아주머니는 없었다.

"표…."

검표원이 칸막이 문 앞까지 왔다. 그는 오른쪽에 있는 남자의 표를 받아서 검표기에 갖다 댔고 옆으로 돌아서 왼쪽에 있는 여자의 표를 검사했다. 그리고 앤디와 다리오를 차례로 보더니 눈을 찡그렸다. 그러더니 둘을 지나쳐 객차 뒤쪽으로 향했다.

다리오는 눈을 비볐다. 고개를 숙인 채 한쪽 팔을 팔걸이 바깥으로 죽 늘어뜨리고 자고 있는 앤디를 보았다. 그의 몸을 바로 세워 주고 팔을 들어서 앞쪽에 두었다. 그때 앤디의 손에 난 상처를 보았다. 손목 바로 아래 큼지막하게 찢어진 상처였다.

'어디에 부딪친 거지? 공원 출입문에 부딪친 건가? 가엾은 앤디, 다친 줄도 모르고.'

다리오는 자리에서 일어나 화장실에 갔다. 휴지에 물을 적셔서 앤디 손에 묻은 굳은 피를 닦아 냈다.

창밖에는 논밭이 스쳐 지나갔다. 쭉 뻗은 고속도로와 교외의 커다란 회색 집들도. 호수에 비친 태양이 서서히 가라앉고 있었고 하늘은 노란 오렌지빛을 띠었다. 돛단배 같은 하얀 구름이 수놓아진 호수 너머에 바다가 있다. 샘이 날 정도로 거대하고 광활한 바다다.

다리오는 바다를 좋아했다. 바다는 그를 가둬 두지 않는다. 바다는 경계선을 긋지 않는다. 땅은 경계를 긋고 그 안에 그를 가둔다. 순전히 환상일 뿐이지만. 땅이 끝나면 바다가 시작되고 빼앗긴 것을 돌려받는다. 바다는 그를 가두지 않으니까.

"앤디."

잠시 뒤 다리오가 앤디의 어깨를 흔들며 말했다.

"어서, 일어나. 여기서 내리자."

9

기차가 떠난 후에도 다리오는 승강장을 떠나지 않았다. 그는 십여 분 간 '산 빈첸초'라고 쓰인 파란 안내판을 뚫어져라 바라보았다. 산 빈첸초. 마지막으로 왔던 때가 언제였더라? 그게 일, 이백 년 전, 심지어 전생에 일어났던 일처럼 또렷이 기억나지 않았다. 아빠는 다리오를 대왕이라고 불렀고 그들은 손을 맞잡고 걸었다.

다리오는 휠체어 손잡이를 잡고 밀면서 승강장을 걸어갔다. 어린 아들의 손을 잡고 있는 아빠의 손이 느껴지는 듯했다.

"잊지 마."

아빠가 말했다.

"다리오 넌, 다리오 대왕이야."

다리오는 정말 그렇게 믿었다.

그들은 해변에 도착했고 하늘은 여전히 맑았다. 밀가루 같은 부드러운 모래가 그들을 반겼다. 휠체어 바퀴가 소리 없이 모래에 푹 빠졌다. 아무도 없었다. 파라솔은 접혀 있었고 선베드는 쇠사슬에 묶여 벽 한쪽에 쌓여 있었다.

그들은 물가로 가 드넓게 펼쳐진 파란 공간 앞에 멈추었다.

"어때?"

다리오가 말했다.

"바다, 와 본 적 있어?"

앤디가 웃었다. 골골 소리를 내며 눈앞에 보이는 저 거대하고 광활한 바다를 집어삼키기라도 할 듯 입을 크게 벌렸다.

다리오는 앤디의 셔츠를 벗겼다.

"조금만 있다가 가자, 알았지? 저녁에는 집에 돌아가야 해. 안 그럼 정말 큰일 날 거야."

앤디의 옆구리를 잡고 모래사장 위에 살며시 내려놓은 다음, 등 뒤에 모래를 쌓아 받쳐 주었다. 그러고는 저 멀리 수평선을 바라보며 앉았다.

"멋지지? 응?"

앤디가 웃었다.

"자주 오던 곳이야. 어렸을 때. 아빠랑."

하늘을 뒤덮은 구름의 그림자가 보였다. 마치 그를 낚아채려 내려온 갈매기처럼 낮게 깔려 있었다.

주머니를 뒤적여 마리화나를 꺼냈다.

첫 모금을 빨아들이자 눈과 머리에 뭔가 가득 차는 느낌이 들었다. 되돌아오는 파도처럼 연기가 심장까지 흘러들어 가서 다시 나오기를 기다렸다. 한 모금 더 빨아들였고 세상을 손에 넣은 사람처럼 웃으며 드러누웠다.

'마리화나와 바다. 뭐가 더 필요해?'

다리오는 생각했다.

'모두들 이대로 날 내버려 둬. 자유롭게.'

10

어디선가 음악과 바람이 번갈아 가며 해변으로 날아들었다.

다리오는 눈을 떴다.

'잠이 들었던 걸까? 음악, 그림자, 얼굴을 스치는 바람, 그리고 시원한 모래. 여기가 어디더라?'

옆을 보았다. 바다 저 멀리, 두 개의 불빛이 새어 나오는 외딴 집 창문이 언뜻 보였다. 그 창문 너머에서 절규하는 듯한 날카로운 목소리가 들렸다.

눈앞의 장면이 서서히 선명해졌고 창문도 형태를 드러냈다. 그건 창문이 아니었다. 바다 건너편도 아니었다. 그건 바로 옆에 있던 앤디의 두 눈이었다.

앤디가 모래범벅이 된 얼굴로 다리오를 쳐다보고 있었다. 그의 몸통은 폭풍이 휩쓸고 간 자리의 갈대처럼 꺾여 있었다. 등 뒤에 쌓아 놓은 모래가 무너져 옆으로 펄썩 쓰러지고 말았던 것이다. 앤디는 알아들을 수 없는 말을 중얼거리며 떨고 있었다. 뺨에 모래와 침이 잔뜩 묻어 있었다.

"이런, 젠장!"

다리오가 일어났다. 앤디를 잡고 일으켜서 셔츠를 입혔다. 그리고 자신의 셔츠를 벗어서 이불처럼 그의 몸에 둘러 주고는 다시 한 번 이렇게 내뱉었다.

"이런, 젠장…."

냉장고에 들어갔다 나온 것처럼 앤디의 몸이 얼음장같이 차가웠다.

"괜찮아."

다리오는 앤디의 팔다리를 주무르며 말했다.

"걱정 마. 이제 따뜻해질 거야."

하지만 찬 기운이 가시지 않았다. 다리오는 잠시 앤디를 껴안았다. 하지만 저녁 공기는 더욱더 차갑게 파고들었다.

사람들이 웅성대는 소리가 들렸다. 가로등 불빛 아래 한 무리의 아이들이 해안가를 거닐고 있었다.

"이봐요!"

다리오가 소리를 질렀다. 아이들이 멈추었다. 다리오는 앤디를 두고 해변 위쪽으로 올라갔다.

"저기요!"

그가 말했다.

"장애인이 있는데, 추위에 떨고 있어요. 좀 도와줄래요?"

가운데 있던 금발 머리의 아이가 다가왔다. 그 애는 다리오 머리에 붙은 마른 해초 한 뭉치를 떼어 냈다.

"대체 해초를 얼마나 먹은 거야?"

그 아이의 말에 모두가 킬킬댔다.

다리오는 그 아이 얼굴에 당장이라도 주먹을 날리고 싶었다. 하지만 '멍청이!'라는 말만 내뱉고 앤디에게 돌아갈 수밖에 없었다.

앤디는 여전히 떨고 있었다. 어서 여기를 벗어나 어디든 실내로 들어가야 했다. 다리오는 앤디를 안심시키기 위해 웃으며 말했다.

"괜찮아. 이제 따뜻한 곳으로 가자."

그는 앤디의 팔다리를 가지런히 해서 휠체어에 앉혔다. 그때 앤디의 바지가 젖었다는 것을 알아챘다. 사타구니 주변에 커다랗고 짙은 얼룩이 있었다.

"이런, 젠장…"

다리오는 어쩔 줄 몰랐다.

"왜, 무슨 일이야?"

그때 아까 그 금발 머리 아이가 뒤에서 나타나 물었다. 다리오가 그를 쳐다보며 말했다.

"젖었어."

"무슨 말이야?"

"바지가 젖었어."

"오줌?"

"아니, 레몬소다. 음료수를 엎질렀어, 안 보여? 옷을 갈아입혀야 돼."

금발 아이가 잠시 앤디를 잡고 있는 동안 다리오는 앤디의 바지를 벗겼고, 자신의 바지를 벗어 앤디에게 입혀 주었다.

"뭐 하는 거야, 속옷 차림으로 다니려고?"

"무슨 상관이야, 도와주기나 해."

그들은 휠체어를 들어서 길가의 턱을 넘어갔다.

"우리 집에 가자."

금발 머리 아이가 말했다.

"저기 뒤쪽에 살아. 조금만 가면 돼."

그들은 길을 따라 올라간 다음 방향을 틀었다. 어느 대문으로 들어가 안뜰을 지나갔다. 널빤지, 양동이, 삽, 들보가 여기저기 널려 있었다. 중앙에는 문이 없는 낡은 냉장고가 인디언 마을의 토템처럼 서 있었다. 냉장고 안 화분에 꽃 한 송이가 피어 있었다.

모두 집 안으로 들어갔다.

"여기서 기다려."

금발 머리 아이가 말했다. 그는 방으로 들어가더니 옷걸이와 전기난로를 가지고 돌아왔다. 옷장 문을 열고 빨간색 체크무늬 담요를 꺼내서 다리오에게 건넸다.

"이걸 덮어 줘."

그들은 한동안 가만히 서 있었다. 전기난로의 따뜻하고 이상야릇한 빨간 불빛이 프레세페[1]의 가짜 장작불처럼 그들의 얼굴을 비추었다. 불 주위에 옷걸이를 들고 있는 요셉, 속옷 차림의 마리아 그리고 그들 사이에서 추위에 떨고 있는 휠체어를 탄 아기 예수가 있었다.

아기 예수의 몸에 서서히 열이 오르기 시작했다. 그는 요람에서 잠이 들었다.

다리오가 금발 머리 아이를 쳐다보았다. 이제 보니 자신보다 나이가 많아 보였다.

"고마워."

다리오가 말하며 손을 내밀었다.

"네게 신세를 졌어. 나는 다리오야."

---

1) 예수님의 탄생을 표현한 구유 장식물

"나는 락이야."

다리오는 코를 찡긋거리며 혼잣말했다.

"이 빚을 어떻게 갚지…"

11

그날 밤은 순식간에 지나갔다. 다리오는 방 한가운데 놓인 매트리스에 앤디와 함께 누워 이내 잠이 들었다. 밖에는 달아나려는 구름을 쫓느라 분주한 바람이 늦은 밤까지 불어 댔다.

다리오가 잠에서 깼을 때 앤디는 아직 꿈나라에 있었다. 탁자 위에는 커피 주전자가 있었다.

락이 봉지 하나를 들고 왔다.

"이제 일어났구나. 오전 내내 자더라."

"몇 시야?"

"음, 열한 시, 열두 시? 그쯤 됐어. 네 친구는 내가 알아서 챙겨 줬어. 화장실에 데려갔는데 쉬운 일이 아니더라. 바닥을 물바다로 만들었어."

"연습이 필요해."

"그리고 걔 손에 난 상처도 소독했어. 연고 같은 걸 발라 줘야 할
것 같아."

다리오는 소파에 앉았다. 빈 휠체어는 탁자 옆에 뉘어 있었다. 탁
자 옆에는 책 더미가 한쪽 다리가 부러진 의자를 받치고 있었다.
바로 옆에는 망가진 작은 서랍장과 바닥에 널브러진 도구들, 포장
지, 창문 아래 쌓여 있는 상자들이 보였다.

다리오는 커피 주전자를 들어서 잔을 채운 뒤 한 모금 마셨다.

"그래서,"

락이 그의 옆에 앉으며 말했다.

"무슨 사연이 있는 거야?"

"무슨 사연?"

"네 사연 말이야, 여긴 왜 왔어?"

"음, 휴가 왔다고 해야 할까?"

"어디 갈 데도 없으면서? 못 믿겠는데."

다리오는 웃었다.

"네 말이 맞아."

커피를 한 모금 더 마셨다.

"아무 사연 없어. 난 그냥 멍청이야."

"어째서? 무슨 일을 벌인 거야?"

"내가 휠체어 탄 바보를 납치했거든."

"꽤 죽이는 이야긴걸. 그런데 왜?"

"몰라."

다리오가 어깨를 으쓱했다.

"그래서 내가 멍청하다는 거야."

"에이, 모든 일엔 이유가 있는 법이잖아."

"음, 항상 그렇진 않아. 언제나 이유가 있는 건 아니야."

락이 웃었다.

"아니야, 있어."

다리오가 팔을 벌려서 사방을 가리켰다.

"그럼 너는 이렇게 어질러 놓고 사는 이유가 있어?"

"당연하지. 난 일을 끝맺는 걸 좋아하지 않아. 마치 가능성을 막아 버리는 기분이랄까. 열린 길이 필요해. 함정에 빠지면 갈 데가 있어야 하잖아?"

락은 다리오를 쳐다보았다.

"누구에게나 열린 길이 필요해."

다리오가 일어섰다. 앤디에게 다가가 턱으로 흘러내린 침을 닦아 주었다.

밖에는 바람이 불었고 비닐 천막이 바람에 날려 창문을 리드미

컬하게 두드렸다.

"네 열린 길은 그러면,"

락이 물었다.

"이 아이야?"

"뭐가?"

다리오가 되묻자 락이 대답했다.

"뭐긴 뭐야? 너의 열린 길 말이야."

12

다리오는 전화를 끊고 멍하니 창 너머를 바라보았다. 교장 선생님의 말이 아직도 귓가에 맴돌았다.

'어서 돌아와! 당장! 교정 시설에 잡혀갈 줄 알아!'

다리오는 교정 시설이 정확히 뭔지는 모르겠지만 5성급 호텔 같지는 않았다. 기숙사나 감옥쯤 되는 것 같았다. 당연히 여름 휴가지는 아닐 것이다.

휴대폰 진동이 계속 울렸다. 전원을 끄고 주머니에 넣었다.

정원에 앤디와 락이 시멘트 자루 위에 유리잔 두 개를 올려 두고 함께 앉아 있었다. 냉장고 안에서 자라고 있는 꽃을 보며 대화를 나누는 듯한 두 사람은 오랜 친구 같았다.

다리오가 웃었다. 꽃을 냉장고에 넣고 키우는 사람이 어디 있을까? 그런데 그 안에서 자라고 있는 꽃은 불만이라곤 없는 것 같았다. 모든 것이 평온했다. 그 자체로.

다리오는 아직도 방 한가운데 그대로 놓여 있는 매트리스에 누웠다. 매트리스, 고장 난 냉장고, 불평하지 않는 꽃. 이보다 더 단순할 수 있을까? 그가 바라는 것은 이거 해라 저거 해라 간섭하는 사람들과 떨어져 조용히 사는 것이다. 그 꽃처럼 살지 않을 이유가 없지 않은가? 망가진 냉장고만 있으면 조용히 살 수 있는데? 한 송이의 꽃은 꽃답게 단순하게 살아가고 있었다. 꽃도 이런데 사람도 남의 간섭에서 벗어나 원하는 인생을 살 수 있지 않을까?

다리오는 일어나서 정원으로 나갔다.

"어떻게 됐어?"

락이 물었다.

"뭐?"

"학교 말이야. 학교에서 전화 온 거 아니야?"

"응 맞아, 방금 통화했어."

"근데, 뭐라고 해?"

"별말 없었어."

락이 그를 쳐다보았다.

"전화기를 꺼 버렸거든."

다리오는 따뜻한 햇살을 맞으며 잔디에 앉아 골골 소리를 내는 앤디 옆으로 갔다.

"음, 원한다면 여기서 지내도 좋아."

락이 말했다.

"남는 방도 있잖아."

다리오는 대답하지 않았다.

"네가 집에 돌아가고 싶지 않다면 말이야. 집에 돌아가고 싶니?"

정원 너머 줄무늬 구름이 수놓아진 하늘 아래 바다가 넓게 펼쳐져 있었다. 하늘, 바다, 태양, 그리고 사방에 짠 내음을 퍼트리는 바람이 있었다.

다리오는 눈을 살짝 감았다.

"토레 사라체나는 여기서 멀어?"

"아니, 그리 멀지 않아. 왜? 토레 사라체나에 뭐가 있는데?"

"우리 아빠, 아마도. 2년 전까지는 거기 계셨거든."

다리오는 일어나서 청바지 주머니에서 지갑을 꺼냈다.

"이거 보여?"

락에게 엽서 한 장을 보여 주었다. 뒷장에는 휘갈겨 쓴 글이 있었다. 선명하진 않지만 이런 내용이었다.

'안녕, 난 잘 지낸단다. 초록색 머리의 플로라는 강인하단다. 언젠간 만나게 될 거야. 아빠가.'

"우표에 토레 사라체나라고 찍혀 있어."

"아빠가 보낸 거야?"

"그런 것 같아. 엄마 옷장 서랍에서 찾았어."

락은 엽서를 쳐다보았다.

"플로라…?"

"아빠와 함께 지내는 사람인 것 같아."

"머리가 초록색이라."

"그게 범죄는 아니잖아."

앤디는 또 졸고 있었다. 손의 상처가 노랗게 변해 가고 있었다. 연고를 발라야 할 것 같았다.

"그런데 아빠한테 왜 가려고?"

"글쎄, 못 갈 이유도 없잖아? 내가 여기까지 왔고, 우린 9년이나 떨어져 지냈는데."

"그래. 잘 생각했어. 나도 아빠를 만나러 가고 싶어. 그럴 수 없지만 그러고 싶어."

"멀리 계시니?"

"꽤 멀리. 1년 전에 돌아가셨어."

다리오가 락을 쳐다보았다. 아빠의 죽음으로 슬퍼하는 사람 같지는 않았다. 다리오 또한 아빠를 그리워하는 사람 같지 않았다.

락이 자리에서 일어났다.

"우리 아빠는,"
그가 말했다.
"나의 유일한 닫힌 길이야."
그는 집 안으로 들어갔다.

13

앤디가 현관에서 기다리고 있었다. 태양은 벌써 바다 위로 높이 솟아 있었다. 하늘은 그림 엽서처럼 청명하고 푸르렀다.

다리오는 휠체어의 손잡이를 잡았다.

"앤디, 준비됐어?"

그를 한 번 쳐다보고는 방을 보았다. 바닥에는 다리오가 사용한 매트리스, 전기난로 옆에는 내팽개쳐진 담요가 그대로 있었다.

앤디는 눈을 굴렸다. 이 집을 떠나는 게 못내 아쉬운 것 같았다.

'우리 정말 가야 돼?'

그의 눈빛이 말했다.

"또 오게 될 거야."

앤디의 마음을 알아차린 다리오가 말했다.

"언젠가, 응? 어때?"

'그래, 언젠가. 그때 와서 꽃이 나무가 되었는지 보자.'

앤디의 생각에 다리오가 웃으며 말했다.

"그래, 그때 와서 꽃이 나무가 되었는지 보자."

그들은 정원으로 나갔다. 차고에서 쿵쿵대는 소리가 들렸다. 엔진이 돌아가는 소리였다.

"락! 우리 갈게. 인사하고 가려고."

다리오가 차고를 향해 외치자 락이 안에서 나왔다.

"벌써?"

"응. 부지런히 움직여야지. 있잖아, 여러모로 챙겨 줘서 고마워."

"이 정도로 뭘."

그가 웃으며 말했다.

"어차피 갚을 거잖아."

차고에서 엔진 소리가 다시 터져 나왔다.

"별거 아니야."

락이 말했다.

"요즘 한창 하는 작업이야. 아, 이런 멍청이!"

그가 이마를 탁 치더니 말했다.

"네게 주려고 만들고 있던 거야, 깜빡했네!"

그들은 차고로 들어갔다. 이동 수레에 엔진이 달려 있었고, 강철 파이프에 고정돼 돌아가고 있었다.

"어때?"

락이 말했다.

"이게 뭐야?"

"음, 이건 원래 여기 있던 엔진인데, 그걸로 락-카를 만들었어."

다리오가 눈썹을 치켜올리자 락이 말했다.

"배트맨의 배트-카 같은 거지, 앤디에게 주는 선물이야. 휠체어에 달아 주려고. 어제 생각한 건데 보여 준다는 걸 깜빡했어."

그가 주머니에서 구겨진 종이 한 장을 꺼내 설명했다.

"보이지? 쉬워. 여기 핸들이 있어. 엔진이 있는 하부 뼈대와 연결되어 있어. 핸들로 제어하는 거야. 자동차 정도는 아니지만 제법 잘 움직여. 발판도 있어서 서 있을 수도 있어. 스쿠터처럼 운전도 가능해. 거의 완성됐어. 이제 휠체어에 조립만 하면 끝이야."

다리오가 웃었다.

"락, 무슨 말을 어떻게 해야 할지 모르겠어."

"내가 천재라고?"

"넌 천재야."

'넌 천재야!'라고 앤디도 말했다.

그들이 길을 떠났을 때 태양은 여전히 하늘 높이 솟아 있었다.

락-카는 이제 막 공장에서 나온 반짝이는 완벽한 보석이었다. 마침내 다리오와 앤디를 태우고 아스팔트 위를 달려 토레 사라체나로 향했다.

14

놀랍게도 락-카는 기름처럼 부드럽고 거침없이 나아갔다. 이따금씩 털털 소리가 났고 의자에 앉아 있는 앤디의 몸이 들썩거렸다. 그건 마치 앤디가 일부러 그러는 것 같았고 몸이 튕길 때마다 둘은 웃음을 터뜨렸다.

공기는 봄날처럼 시원했다. 어딘가로 떠나기 딱 좋은 날이었다. 다리오는 락이 준 지도에 주요 도로를 피해 자전거 도로와 시골길을 통과하는 경로를 지그재그로 표시해 두었다.

다리오와 앤디는 초원과 나무 숲, 인공 운하, 듬성듬성 보이는 집들 그리고 색색깔의 경작지 사이를 지나갔다.

밭에서 일하고 있는 농부들이 고개를 들고 지나가는 그들을 보았다. 락-카는 털털거리며 농부들을 지나쳐 계속 달렸다. 다리오는 손을 흔들어 인사했다. 누군가는 인사에 답했고 누군가는 지로 디 탈리아[2]를 관람하는 관중처럼 바라보기만 했다.

"안녕하세요!"

다리오가 인사했다. 그러자 앤디가 웃기 시작했다.

그들은 낮은 집들이 듬성듬성 자리 잡은 산등성이 마을을 지나 갔다. 트랙터 한 대가 양귀비밭에서 내려오고 있었다. 트랙터는 방 향을 돌렸고 반대편에서 오고 있던 다리오와 마주쳤다.

"안녕하세요."

다리오의 인사에 남자가 손을 들어 답했다. 그러고는 다시 방향을 돌려 밭이 있는 언덕으로 올라갔다.

잠시 뒤, 다리오는 속도를 내지 못하고 뒤따라오고 있는 차 한 대를 뒤늦게 알아차렸다. 그래서 다리오는 방향을 틀어 반대편 차 선으로 넘어갔고 경찰차의 번쩍이는 경보등을 곁눈질하며 지나쳐 갔다.

"얘들아!"

경찰이 외치자 다리오가 멈추었다. 경찰은 차에서 내려 다가오더 니 잠시 동안 그를 유심히 보았다.

2) Giro d'Italia, 이탈리아에서 5월이나 6월 초에 3주간 열리는 도로일주 사이클 대회

"어디 가는 길이니?"

경찰이 물었다.

"집이요. 삼촌 집이요."

다리오가 머리를 긁적거리며 대답했다.

"삼촌 집에 가는 길이에요. 휴가 왔거든요."

경찰이 휠체어를 살펴보았다. 크롬 도금된 파이프가 햇빛에 반사되어 반짝거렸다.

"너희 삼촌?"

그가 말했다.

"우리 삼촌이요. 왜 그러세요?"

"너희 삼촌이 누군데?"

다리오는 뒤를 돌았다. 천천히 언덕을 올라가는 트랙터를 보았다.

"저기, 밭이요. 보이시죠?"

다리오는 손가락으로 트랙터를 가리켰다.

"어이!"

다리오가 트랙터를 탄 남자를 향해 외쳤다. 남자가 뒤를 돌더니 손을 들어 인사에 답했다. 다리오가 웃으며 경찰에게 말했다.

"우리 삼촌이에요."

경찰은 대답하지 않았다. 다시 락-카를 보았고 바퀴를 발로 툭 쳤다.

"이걸 운전하려면 면허가 필요할 텐데?"

"운전면허요? 아니요, 다들 물어보던데 이건 오토바이가 아니라 휠체어예요."

"음, 엔진이 달렸잖니. 이런 건 처음 보는구나."

"잔디 깎는 기계에도 엔진이 있어요. 잔디 깎는 기계를 사용하려면 면허가 필요한가요?"

경찰이 눈썹을 치켜올렸다. 휠체어를 빙 둘러보더니 머리를 긁적였다. 다리오는 어깨를 으쓱했다.

"생각해 보세요. 면허가 필요했으면 사촌을 데리고 이렇게 돌아다니지는 않았을 거예요. 전 그렇게 경솔한 아이가 아니에요."

다리오는 '경솔'이라는 단어를 말하기 전에 잠시 머뭇거렸다. 적절한 단어인지 확신이 없었다. 하지만 그것이 '착한 아이'처럼 보이게 할 것 같았다.

"못 믿으시겠으면 저희 삼촌에게 물어보세요."

다리오는 언덕을 돌아보며 이렇게 덧붙였다. 경찰은 앤디를 보았고, 앤디는 그를 보고 마주 웃어 주었다.

"그래 알았다."

경찰이 말했다.

"헬멧을 쓰는 것이 좋겠구나."

"헬멧이요?"

"너희 둘 다. 어쨌든 도로를 달리는 거니까."

다리오는 대답하지 않았다.

"조심해라. 앞을 잘 보고 달려."

'아저씨나 앞을 똑바로 봐요.'

다리오가 속으로 생각하며 대답했다.

"그럴게요."

경찰은 다시 차에 올랐다. 그는 몸을 내밀어 인사를 한 뒤 출발했다. 경찰은 들판 앞을 지나가며 트랙터를 타고 있는 남자를 유심히 보는 듯했다. 트랙터를 탄 남자는 어느덧 언덕 꼭대기를 지나 반대편으로 넘어가고 있었다. 다리오는 안도의 숨을 쉬었고 락-카에 올라 다시 출발했다.

앞에 보이는 집들을 지나 마을로 들어섰고 신문 가판대와 식료품점을 지나쳤다. 어느 약국 간판의 초록색 불이 따뜻한 기운에 싸여 번쩍였다. 근처에 락-카를 세우고 시동을 껐다.

약국 문은 딩동 소리를 내며 열렸다.

"어서 오세요."

계산대 뒤에서 약사 아주머니가 말했다.

"뭐가 필요하니?"

"제 사촌이 손을 뺐어요."

"어디 보자."

약사가 몸을 숙이고 상처를 보았다.

"감염되고 있구나. 항생제를 발라야겠어. 어쩌다 그랬니?"

"정확히는 몰라요. 못이나 모서리에 찔렸나…. 잘 모르겠어요."

약사가 다리오를 빤히 쳐다보자 다리오가 툴툴거렸다.

"하루 종일 사촌을 돌볼 수는 없는 거잖아요."

"글쎄, 그래야 할 것 같은데."

약사가 계산대에 튜브형 연고를 하나 올려놓으며 말했다.

"상처가 아물 때까지 하루에 두 번 발라 주렴."

"더 필요한 거 있니?"

"아니요, 없어요."

다리오는 대답한 뒤에 앤디를 보았다.

"아, 이런, 또!"

그가 소리쳤다.

"무슨 일이니?"

"젖었어요."

"응? 무슨 뜻이니?"

다리오는 약사를 쳐다보며 물었다.

"혹시… 대형 기저귀는 없겠죠?"

71

15

다리오는 성인용 기저귀라는 게 있는지 꿈에도 몰랐다.

'앤디만 그게 필요한 게 아닐 텐데. 왜 아무도 이 생각을 못 했지? 앤디가 언제 하품할지 아는 엘리사도 몰랐단 말인가?'

하지만 기저귀를 채운다 해도 당장 갈아입힐 깨끗한 속옷과 여분의 바지가 필요했다. 다리오는 다시 길을 재촉했다. 가는 길에 식료품점에 잠깐 들렀다.

'쇼핑센터는 다리로 내려가서 왼쪽이라고 했던가?'

쇼핑센터는 시골 한가운데 있는 우주선 같았다. 어마어마하게 거대했다. 안으로 들어가 위층으로 가는 무빙워크를 탔다. 앤디는 창으로 들어오는 빛줄기를 보면서 이리저리 두리번거렸다.

"트양… 트양… 트양…."

앤디는 계속해서 이렇게 말했다. 그리고 휠체어 위에서 몸을 들썩거리며 웃었다. 위층에 도착해 무빙워크에서 내리자 앤디는 고개를 갸우뚱했다.

"트양!"

휠체어를 흔들며 계속 이렇게 말했다.

"조심해! 그러다 넘어져!"

"트양!"

"그만! 왜 그래?"

"…또오."

다리오가 앤디를 쳐다보았다.

"또?"

"또오…."

"한 번 더 타고 싶어?"

앤디가 웃으며 몸을 흔들기 시작했다.

"그래, 누가 뭐라 하겠어, 어차피 시간도 많은데."

그들은 내려가는 무빙워크를 탔다. 앤디가 웃었고 다리오는 놀이공원에 온 것 같았다.

둘은 30분간 무빙워크를 타고 오르락내리락 끝없이 반복했다. 재미있고 신기했으며 마음이 편안해졌다. 똑같은 행동을 계속 되풀이하다 보니 이상한 기분이 들었다. 어느 순간 그 행동은 사라졌고, 남은 것은 기도나 성가, 들으면 기분 좋게 잠이 솔솔 오는 자장가와 같은 끊임없는 반복이었다.

의류 코너에는 아무도 없었다. 통로를 지나가며 앤디가 웃었다. 그는 대시 보드에 올려 둔 인형처럼 고개를 흔들거렸다. 턱으로 이것저것을 가리키며 골골 소리를 냈다. 다리오는 멈춰서 옷걸이에 걸린 셔츠를 벗겼다. 셔츠를 앤디 몸에 대 보자 앤디는 웃었다. 그러더니 눈과 입, 혀를 동원해 수십 개의 표정을 지어 좋다거나 싫다는 표시를 했다.

셔츠를 입어 보는 것은 쉽지 않았다. 휠체어가 탈의실에 들어가지 않아 탈의실에는 옷만 걸어 두고 통로에서 갈아입힐 수밖에 없었다.

'살살해.'

다리오가 팔을 구부리자 앤디가 눈빛으로 말했다. 그리고 목을 비틀고 웃으며 이렇게 말하기 시작했다.

'나는 장애인이지, 고무 인간이 아니야!'

잠시 후 앤디는 새 청바지와 앞면에 코브라가 그려진 멋진 셔츠를 입고 라임 빛 녹색 줄무늬 양말을 신었다. 머리에는 흰색과 핑크색이 섞인 자전거 헬멧을 쓰고 있었는데 한 치수 큰 것이었다. 한 번 써 보고는 벗으려 하지 않아 어쩔 수 없이 그걸 사기로 했다.

계산원이 다리오를 쳐다보았다.

"전부 계산대에 올려놔야 해."

그녀가 껌을 씹으며 말했다.

"계산대에 뭘요?"

"살 거 말이야. 여기 위에 올려놓아야 된다고. 안 그럼 내가 어떻게 계산하겠니?"

"휠체어째 올려요?"

"무슨 휠체어?"

"제 친구가 앉아 있는 휠체어 안 보이세요?"

계산원은 목을 쭉 뺐다. 앤디를 보더니 코웃음을 쳤다. 그녀는 바코드 스캐너를 들고 계산대를 돌아 나왔다. 앤디가 입고 있는 것들의 바코드를 찍은 뒤 다시 자리로 돌아가 말했다.

"46.50유로야."

"46…."

주머니에서 돈을 찾으며 앤디에게 말했다.

"넌 나한테 엄청난 돈을 빚진 거야, 알아?"

그들은 계산을 하고 나와 가던 길을 재촉했다.

"운 좋게 속옷은 선물로 받았네."

언덕을 올라가면서 다리오가 말했다.

"깔고 앉은 속옷은 이따가 빼 줄게."

16

앤디는 고개를 돌려 하늘 높이 떠 있는 태양을 바라보았다. 그리고 길을 쭉 훑으면서 미소를 지었다. 고개를 위아래로 움직이자 이마 위 헬멧도 따라서 들썩거렸다.

"너 꼭 바보 달리기 선수 같아."

다리오가 웃으며 말했다.

"…보보 달리기."

앤디가 따라 했다. 3킬로미터를 가는 내내 웃어 댔다.

다리오는 앤디를 물끄러미 바라보았다. 휠체어에 앉아 있는 앙상하고 구부러진 작은 체구가 전혀 바보 같지 않았다. 무척 아름답게 느껴졌다. 미의 개념이라는 것이 참 이상했다. 각자 나름의 기준이 있다. 수백 명의 사람들이 아름답다고 말하는 것이 누군가에겐 아름답지 않을 수 있다. 또는 그 반대일 수도 있다.

다리오의 눈에 앤디는 아름다운 것이었다. 연약해서일지 모른다. 크리스털로 된 물건이나 한 송이의 꽃처럼. 자세히 보면 앤디는 락이 냉장고에 넣어 둔 꽃 같기도 하다. 그 꽃과 정말 닮았다. 둘 다 연약하고 앙상했고, 빛과 공기로 만들어진 작고 비밀스러운 세계에 갇혀 있다. 그게 그들의 운명이었다.

꽃이 반드시 피어난 곳에서 자라야 한다는 법은 없지 않은가? 물과 빛이 있으면 어디서든 살 수 있는 거 아닌가? 태양이 있으면 되는 거 아닌가? 다행히 이 세상에는 태양이 충분하다. 그런데도 꽃은 태어난 자리를 떠나면 안 된다고 누가 그러는가?

길가에 음식점 하나가 보였다. 노란색 간판에 파란색 문이 달린 음식점이었다. 다리오는 그 앞으로 가서 락-카의 시동을 껐다.

"앤디, 일어나 봐, 뭐 좀 먹자."

그들은 안으로 들어갔고 문에서 딸랑 소리가 났다.

"어서 와, 얘들아."

계산대에서 남자가 말했다.

"안녕하세요. 파니니[3] 있나요?"

---

3) 빵 사이에 치즈, 야채, 햄 등을 넣은 이탈리아식 샌드위치

"그럼, 햄과 치즈 파니니가 있단다."

"좋아요."

"어떤 걸로 줄까?"

"둘 다 주세요. 물도 주시고요."

"그래. 앉아서 기다리렴."

다리오는 웃으며 탁자로 갔다.

'웃어라.' 그의 아빠가 늘 하던 말이다. 웃어라, 떠나는 사람을 보며 웃으라고 했다. 그러면 그 사람이 나를 기억할 거라고.

엄마에게는 효과가 없었다. 엄마는 한 달 만에 아빠를 잊었다. 한 달도 걸리지 않았던 것 같다. 엄마는 단 한 번도 아빠 얘기를 꺼내지 않았다. 다리오는 엄마가 무슨 생각을 하는지 도통 알 수가 없었다. 그 속을 꿰뚫어 볼 수 없었다. 마치 동상 같았다. 무슨 일이 벌어지더라도 엄마의 표정은 한결같았다. 대체 무슨 엄마가 이렇게 속을 알 수가 없는 걸까?

부모의 생각은 그들 자신의 것이 아닌 자식들의 것이 되어야 한다. 부모라면 언제나 자식이 그 생각을 헤아릴 수 있게 해야 하며, 자식 또한 부모들의 생각을 이해해야 한다. 그리고 부모가 생각하는 것이 우리와 상관없는 일이라 하더라도 적어도 부모가 무슨 생각을 하는지는 알고 있어야 한다. 그래야 우리도 생각의 기준점을 정할 수 있는 것이다.

아마도 다리오의 엄마는 애초에 엄마가 될 만한 사람이 아니었나 보다. 물론 아내도 아니다. 그래서 아빠가 떠난 걸지도 모른다고 다리오는 생각했다.

남자가 파니니와 물을 가지고 왔다. 그가 뭐라고 말을 걸었는데 다리오는 듣지 못했다. 아빠까지 세 식구가 함께 산 빈첸초로 향하는 기차 안에서, 빨간 가방을 들고 있던 엄마를 떠올리고 있었다.

아빠는 웃으며 창밖을 보고 있었다. 그리고 기차가 정차할 때마다 다리오는 일어나서 밖을 내다보며 플랫폼을 걸어가고 있는 사람들을 향해 소리를 질렀다.

"산 빈첸초! 다리오 대왕이 돌아왔다!"

매번, 항상, 의식처럼 그랬다.

다리오 대왕은 이제 없다. 그리고 산 빈첸초의 추억은 성당과 중심 광장 그림이 그려진 나무 상자로 남아 엄마 방 옷장에 갇혀 있다. 엄마는 그 상자에 생활비를 넣어 두었다. 생활에 필요한 것보다 훨씬 많은 액수였다. 다리오도 상자에 돈이 있다는 걸 알고 있었다. 상자에서 담배 몇 개비를 꺼낸 적이 있었다. 그런데도 엄마는 전혀 눈치채지 못했다. 엄마는 그 안에 돈이 얼마나 있는지도 모를 것이다. 구겨져 있는 지폐들은 마치 재활용이 되기를 기다리는 것 같았다. 하지만 그 돈들은 쓰레기통이 아닌 다리오의 주머니로 들어갔다.

전날도 오늘도, 다리오는 상자에 있는 물건을 전부 주머니에 넣었다. 바로 그날 무작정 기차를 타고 어딘가로 떠날 것을 미리 알기라도 한 듯이 말이다. 아이에게는 제법 큰돈이었다. 학교와 일상을 잠시 제쳐 두고 구역질 나는 세상과 멀리 떨어져, 어딘지도 모르는 낯선 곳에서 아무 걱정 없이 지낼 수 있을 정도로 충분한 금액이었다.

그는 언제나 조용한 앤디를 쳐다보았다. 앤디는 생각에 몰두해 있는 것 같았다. 앤디는 뭔가에 집중할 때마다 말없이 혀를 내밀었다.

"앤디."

다리오가 말했다.

"아직도 오줌 마려워?"

다리오는 미소를 지었다.

"기저귀를 사길 잘한 것 같아."

앤디는 대답하지 않았다. 앞에 있는 탁자를 뚫어져라 쳐다보고 있었다.

"안 먹어? 뭐 줄까, 치즈 파니니?"

파니니 하나를 앤디 앞에 놓아두었다. 그러고 나서 앤디의 상처 난 오른손을 보았다. 앤디의 오른팔은 팔걸이에서 떨어져 탁자 가장자리까지 뻗어 있었고, 탁자 매트 위에서 컵을 향해 손가락을 접었다 폈다 움직이고 있었다.

"기다려 봐."

다리오가 말했다.

"내가 해 줄게."

다리오는 팔을 뻗어 컵을 들어 올리다 잠시 머뭇거렸다. 다리오는 말없이 컵을 다시 제자리에 놓아두었다.

앤디가 다리오를 쳐다보았다. 그리고 컵을 보았다. 그러더니 다시 손가락을 천천히 앞뒤로 움직이기 시작했다. 마치 컵과 손가락 사이의 거리를 좁히려는 듯 작고 섬세한 동작으로 손가락을 폈다 접었다. 오르기 힘든 바위를 기어오르려 안간힘을 쓰는 게의 다리 같았다. 그렇게 애쓰는 와중에 바위가 움직였던 것이다. 탁자 매트가 손가락 사이로 구겨져 들어갔고 앤디가 매트를 끌어당기자 컵이 흔들거리며 천천히 그를 향해 움직였다.

다리오는 웃었다. 어디선가 들었던 무함마드와 산 이야기[4]가 떠올랐다. 그 순간 어느 쪽이 무함마드이고 어느 쪽이 산인지 알 수 없었지만 그건 중요하지 않았다. 지금은 둘 다 움직이고 있었다.

무함마드가 산에 도달할 때까지 5분이 걸렸다. 결국 컵은 앤디의 바로 앞까지 이동했고, 이제 두 사람은 녹초가 되어 서로를 마주

---

4) 산을 움직이겠다면서 산을 향해 걸어간 예언자 무함마드의 일화

보았다.

"기다려."

다리오가 말했다. 팔을 뻗어서 컵을 들었다.

"이제 내가 해 줄게."

앤디는 손을 내려놓고 깊은 숨을 내쉬며 고개를 기울였다.

"잘했어."

다리오가 말했다.

"정말 잘했어. 이제 너도 할 수 있다는 거 알았지?"

그의 입술에 컵을 가져다 대 주었다. 앤디가 물 표면에 거품을
일으키며 웃었다. 물이 턱을 타고 흘러내렸다.

'날 어떻게 생각했던 거야?'

앤디가 말했다.

'난 장애인이지 바보가 아니야.'

앤디는 또 한 번 웃었다.

그들은 파니니를 먹었다.

도로 위를 달리는 차들을 보았다.

그리고 안의 열기가 갑갑하게 느껴지기 전까지 앉아 있었다.

17

짠 내음, 파도, 갈매기 소리. 해안에 낮게 떠 있는 태양은 무척 뜨거웠다. 태양이 곶을 포함한 해안 전체를 끌어안으려는 듯 보였다. 산책로에 남자와 여자, 아이와 함께 나온 부부, 시끌벅적한 아이들 무리가 보였다.

다리오는 제방 근처 바위에 몸을 웅크리고 앉았다. 땀이 났다. 근육이 긴장해 쥐가 날 것 같았다. 하지만 도전적이고 자신감 있는 미소를 지었다.

옆에 있는 아빠를 보았다. 손바닥을 펼쳐 바위를 짚고 진짜 달리기 주자처럼 어깨를 앞으로 내밀고 있었다. 아빠를 몇 번이고 쳐다보며 동작을 따라 했다.

"준비됐어요."

다리오가 말했다.

"진짜지?"

아빠가 옆을 돌아보지 않고 대답했다.

"그러면 셋에…"

다리오는 짠맛과 힘찬 기운이 가득한 공기를 코로 빨아들이며 호흡을 가다듬었다. 결승점을 바라보았다. 제방 끝에 있는 흰색과 파란색이 어우러진 바가 결승점이다.

"하나,"

다리오 대왕. 다리오 선수. 그가 정말로 되고 싶었던 것은 달리기 선수일지 모른다. 세상에서 달리기를 가장 좋아했다. 게다가 빨랐다.

"두울,"

달리기가 아닌 다른 선택을 할지도 모른다. 일곱 살 아이의 머릿속은 많은 꿈들로 빼곡하다. 물론 어떤 사람이 되든 간에 아빠 같은 사람일 것이다. 그리고 다리오는 대왕이 될 것이다.

"셋!"

있는 힘껏 다리를 밀어내며 번개처럼 빠르게 달려 나갔다. 아빠가 출발을 했는지 확인할 겨를도 없었다. 달리기가 처음인 듯 바람을 헤치며 달렸다. 발가락을 쫙 펴서 바위를 짚고 뛰어넘었다.

엄마의 목소리가 공중으로 날아가 바람을 가르는 갈매기 울음소리와 뒤엉켰다. 그러다 눈앞이 흔들렸다. 바위 끝에 발을 잘못 디뎌 발목이 뒤틀리며 순간 앞으로 고꾸라지고 말았다. 손목과 팔꿈치를 바위에 부딪쳤고 찌르는 듯한 통증이 느껴졌다.

다리오는 소리를 지르지 않았다. 다리오 대왕은 소리를 지르지 않으니까. 그는 몸을 일으켜 미끄러운 바위 위에 가만히 서서 빨갛게 충혈된 눈을 꼭 감았다.

아빠가 다가왔다.

"어떻게 된 거야? 괜찮니?"

아빠는 엄마에게 괜찮다고 손짓을 했다.

"괜찮아, 별일 아니야, 우리 다리오는 강하니까. 우리의 다리오 대왕인걸."

그리고 레슬링을 하듯이 그를 꼭 안아 주었다.

"기억하렴."

아빠는 다리오를 똑바로 쳐다보고 말했다.

"오늘을 기억해. 넌 다리오 대왕이고 위대한 사람은 절대 눈물을 보이지 않는 거란다. 무슨 일이 있어도."

다리오는 대답하지 않았다. 그의 등을 꼭 껴안은 아빠의 팔을 느끼며 고개를 돌렸다. 자신도 모르게 눈물이 뺨을 타고 흘러내렸다.

다리오는 잠에서 깼다. 앤디는 옆에서 자고 있었다. 내리막길을 유심히 보았다. 까마귀 떼들이 울면서 빙빙 돌고 있었다. 몸을 일으키고 바지를 털었다. 주머니에서 지도를 꺼냈다.

'얼마나 멀리 온 걸까?'

락의 집에서 10에서 15킬로미터 정도 떨어진 것 같았다. 여행에 속도가 붙을 거라 기대했지만 락-카도 별 수 없는 휠체어였다. 하지만 급할 것이 없었다. 오히려 다리오는 피치 못할 사정으로 시간이 지체되는 것을 즐겼다. 세상을 조금 더 버틸 수 있게 해 주는 이유들이었다. 인생에서 쥐락펴락할 수 있는 전능함과 주도권을 갖게 된 것 같았다. 지체하는 것은 세상으로 나아갈지 말지를 결정하는 것처럼 자기 인생의 지배권을 갖는다는 뜻이었다.

다리오는 자고 있는 앤디에게 다가갔다. 바짓가랑이 주변이 말라 있었다. 웃음이 나왔다. 기저귀는 정말 끝내주는 아이디어였다. 이따금 갈아 주기만 하면 그만이었다. 그는 앤디의 신발을 벗기고 청바지를 벗겼다.

깜짝 놀란 다리오의 입이 떡 벌어졌다. 앤디의 사타구니가 랍스터처럼 빨갛게 짓물러 있었다.

'기저귀라면 물을 다 흡수해야 되는 거 아닌가? 그러라고 만든 걸 텐데?'

다리오는 머리를 쓸어 넘겼다. 바지를 바닥에 던지고 뒤돌아섰다.

'이런, 젠장!'

다리오는 문제가 생기는 건 원치 않았다.

'문제라면 학교와 집, 내가 떠나온 구역질 나는 곳에 다 버려두고 왔는데.'

그는 다시 뒤돌아서 기저귀를 벗겼다. 염증이 엉덩이까지 번져 있었다.

"그래, 좋아."

다리오가 말했다.

"아무것도 입지 마. 누가 뭐라 하겠어. 그게 나아. 속옷이든 바지든 아무것도 입지 마. 바람이 통하는 게 좋아."

'태양처럼. 괜찮아질 거야. 몸도 마음도 전부 다.'

다리오는 다시 누웠고 앤디는 여전히 자고 있었다. 마리화나를 피울 때가 된 것 같았다.

'거의 그런 거지. 당장은 아니고.'

다리오는 일어나서 약 봉투를 열고 연고를 꺼내 앤디의 상처에 발라 주었다.

'자, 이제 됐어. 지금이 딱이다.'

어쩌면 아닐 수도 있다고 생각했다. 사실 별로 내키지 않았다.

그가 진정 원하는 것은 휴식이었다.

'휴식, 바로 그거야.'

다리오는 풀밭에 누웠다.

그리고 눈을 감았다.

18

간혹 잠깐이나 하루면 충분하다. 행성들이 일직선이 되어 금성이 토성에 가려지는 상상을 해 보아라. 모래 더미였던 곳에서 싹을 틔우고 피어나는 꽃처럼 불현듯 한 가닥의 기억이 되살아난다. 어디든 상관없이 이 세상 누구에게나 일어날 수 있는 일이다. 다리오에게도 일어날 수 있는 일이고, 당연히 앤디에게도 그렇다.

버스, 거리, 아이들 무리. 리프트를 타고 버스에 오르는 앤디와 그의 손을 잡고 있는 엄마가 기억난다. 아이들은 이미 버스에 타 있었고 모두 신이 나 큰 소리로 떠들고 있었다. 소풍은 몇 달 전에 정해진 것이었고, 앤디를 위해 세세한 부분까지 완벽하게 준비되어 있었다. 새 신발부터 스파이더맨 티셔츠, 노란색 벨트가 달린 초록색 배낭까지. 파비올라는 버스 문 앞에서 앤디를 보며 미소 짓고 있었다.

"어서, 앤디, 모두 널 기다리고 있어."

파비올라가 그를 향해 몸을 숙이며 말했다.

'가요.'

앤디가 눈빛으로 대답했다.

'최선을 다하는 중이에요.'

앤디가 몸을 휠체어 밖으로 쭉 빼고 있어서 휠체어를 옮기는 게 쉽지 않았다. 그러거나 말거나 앤디는 마냥 웃음이 나왔다.

난장판, 아이들, 웃고 떠들고 이름을 부르는 소리…. 평소였다면 앤디는 겁에 질려 울음을 터트리고 말았을 것이다. 하지만 지금은 달랐다. 지금 이 시끌벅적한 소리는 갈매기의 울음소리 같았고 태양과 바람, 힘으로 가득 차 있었다.

'앤디, 앤디! 어서, 힘을 내.'

응원 소리가 가득했다.

도로, 잔디, 아스팔트, 창문에서 번쩍거리는 불빛. 버스는 나무와 집들을 뒤로하고 빠르게 달렸다. 파비올라는 양털로 만들어진 음악처럼 나긋나긋하고 부드러운 목소리로 천천히 말했다. 앤디는 웃었고 음악이 펼쳐 주는 양털 같은 결을 따라 눈을 굴렸다. 파비올라는 놀라운 사람이었다. 그녀만이 앤디를 안심시킬 수 있었다.

물론 센터에서 일하는 사람들은 다들 훌륭했지만, 파비올라는 특별했다.

이따금 앤디는 그녀에게 눈으로 말했다. 그만의 고요한 방식으로 말이다.

'당신이 내 여자 친구예요?'

그러자 파비올라가 웃었다.

"아니, 그렇지 않아."

그녀가 대답했다.

"그런데 원한다면 여자 친구가 되어 줄게."

그러고는 그에게 뺨을 가까이 가져갔다.

"어서, 앤디."

그녀가 눈을 살짝 감으며 말했다.

"뽀뽀 안 해 줄 거야?"

앤디가 입술을 내밀어 뺨에 뽀뽀했다. 그러자 파비올라는 정말로 그의 여자 친구가 된 듯했고 앤디는 행복했다.

그러던 어느 날 파비올라가 앤디의 집에 방문했다. 자금난으로 센터가 문을 닫게 되었다고 했다. 앤디는 이해가 되지 않았지만, 파비올라가 떠나고 새로운 사람이 올 거라는 말에 울음을 터트렸다. 파비올라는 더 이상 없었고, 그녀를 대신하게 된 사람이 엘리사였다.

하지만 엘리사는 전혀 자격 없는 사람이었다. 앤디는 첫눈에 알았다.

"얘가 앤디구나."

그녀는 웃으면서 '얘'라고 말했다. 마치 다른 사람에게 말하는 듯
이 말이다.

"우리 꼬마 챔피언은 어떠니?"

엘리사는 앤디와 눈을 마주치는 대신에 주변을 둘러보거나 함께
온 사람을 쳐다보았다. 반면에 파비올라는 가장 먼저 앤디와 눈을
마주쳤고 그의 마음을 편안하게 했다.

파비올라는 큰 눈으로 웃으며 '야아얌…, 널 잡아먹어야지!'라고
말했다. 그녀의 눈은 크고 맑았다. 그 눈을 바라보면 안으로 빨려
들어갈 것 같았고 이렇게 말하는 듯했다.

"여기가 너의 집이야."

그리고 손을 잡고 길을 안내했다. 가끔 그녀의 눈을 보면 창밖을
보는 것처럼 하늘이 보였다. 파비올라의 눈에 비친 자신이 하늘에
둥둥 떠 있는 걸 볼 수 있다. 구름 사이를 날고 있는 연처럼 말이다.

엘리사의 눈도 투명했지만 그 안에는 하늘도 구름도 전혀 보이지
않았다. 그녀의 눈 속에는 아무것도 없었다. 그저 엘리사만 덩그러
니 있을 뿐이었다.

앤디가 웃었다. 버스는 방향을 바꿔서 중심가로 들어섰다. 광장,
흰색의 웅장한 성당…. 태양이 성당 정면을 훤히 비추고 있었다. 베

르가모는 아름다웠다. 세상에서 가장 아름다운 도시였다. 앤디는 다른 도시엔 가 본 적이 없어서 베르가모가 세상에서 가장 아름다운 도시라고 생각했다.

'에가모,'

그가 소리쳤다.

'에가모 아름다워.'

버스가 멈추었다. 아이들이 웃고 떠들며 버스에서 내렸다. 핑크, 빨강, 하늘, 초록색으로 물든 한 무리의 아이들은 손에서 손으로, 한 명도 빠짐없이 모두가 앤디의 휠체어를 옮겨 주었다. 앤디는 한 사람 한 사람의 손을 거칠 때마다, 기분 좋은 바람처럼 헐떡거리는 들뜬 숨이 자신의 목구멍을 타고 들어가는 것을 느꼈다.

광장, 웃음, 외침, 바람 그리고 무엇보다 태양의 따뜻하고 마법 같은 촉감.

그때였다.

"앤디…"

다리오의 목소리가 멀리서 들렸다. 안개 속에 있는 것만 같았다.

"앤디, 일어나, 이제 다시 출발해야 돼."

앤디가 눈을 떴다. 다리오를 바라보며 몸을 숙였다. 웃으며 입을 열었다.

"에가모."

그가 말했다.

"에가모?"

다리오가 따라 말했다.

"에가모가 뭔지 모르겠지만 기분 좋은 건가 보네."

"에가모는, 아름다워."

다리오가 웃었다.

"그래, 맞아."

19

그들은 하루 종일 도로와 언덕, 평원을 달렸다. 이따금씩 떠오르는 기억으로 앤디의 얼굴에 미소가 번졌다. 앤디가 몸을 들썩거렸고 시선을 들어 떨리는 까만 눈동자로 다리오를 쳐다보았다.

"무슨 일이야?"

다리오가 물었다. 앤디는 웃더니 다시 앞을 보며 생각했다.

도로, 언덕, 평원, 일련의 기억들.

잠시 후 다리오는 속도를 줄였다. 노랗고 검은 간판이 옆으로 스쳐 갔다.

"한 끼 해결하기 좋은 곳 같아."

앤디는 머리를 위아래로 흔들며 골골 소리를 내었다.

"여기서 기다려."

다리오가 락-카의 시동을 끄면서 말했다.

"잘 지키고 있어."

그러고는 어두운 색의 나무 문을 열고 들어갔다. 앤디는 간판과 문, 덩굴이 얽히고설켜 자라는 벽을 보았다.

앤디가 다니는 센터에도 덩굴이 있었다. 건물 외벽을 감싸고 지붕이 있는 2층까지 뻗어 올라갔다. 파비올라는 그 덩굴을 타고 태양까지 갈 수 있다고 했다. 그런데 몇 사람이 올라가려고 했다가 떨어진 일이 있어서 덩굴을 전부 잘라 버렸다고 말했다. 태양에 도달하는 길은 그만큼 험난하다고 했다.

그래도 앤디는 도마뱀처럼 벽을 타고 오르고 싶었다. 두 다리만 멀쩡했더라면 진작 해 봤을 것이다. 가장 먼저 말이다. 아니, 어쩌면 뛰어다니는 게 먼저였을 수도 있다. 혹은 점프를 하거나.

바로 그거다. 점프! '쿵!' 순간적으로 세상과 떨어졌다가 발이 다시 땅에 닿을 때의 짜릿함을 느끼는 것이다. 사실 휠체어 신세라 점프는 어림도 없다. 하지만 달리는 것은 가능하다. 휠체어로 빨리 달릴 수 있다. 가끔 파비올라가 내리막길을 달리게 해 준 적은 있지만 점프는 허락되지 않았다.

그때 화가 잔뜩 난 다리오의 목소리가 들렸다.

"나쁜 놈!"

다리오가 문을 나오면서 소리를 질렀다. 등 떠밀린 듯 휘청거리며 밖으로 나왔다.

"누구보고 나쁜 놈이래?"

한 남자가 문을 열고 외쳤다. 다리오와 앤디를 차례로 보더니 주먹을 흔들며 말했다.

"꺼져!"

그러고는 문을 닫고 들어가 버렸다. 다리오는 손가락 욕을 하더니 돌을 집어서 문에 던졌다.

'무슨 일이야?'

앤디가 물었다.

"가자!"

다리오가 대답했다.

'대체 무슨 일인데?'

"별일 아니야. 저 사람은 나쁜 놈이야."

"나쁜 놈…."

앤디가 따라 했다.

"맞았어. 우리 다른 데 가자."

"나쁜 놈…."

다리오가 웃었다. 락-카에 올라타 시동을 걸었다.

날이 어둑어둑해졌다. 언덕 주변에 불빛이 하나둘 켜지기 시작했다. 갈 데가 없었다. 음식점도, 호스텔도 아무것도 없었다. 황량한 사막에 와 있는 것 같았다.

그때 길가에 불빛이 하나 보였다. 집 한 채. 창문 하나. 다리오가 휠체어를 세웠다. 대문에 초인종이 없어 가까이 가서 창문을 두드렸다.

"누구세요?"

누군가 물었다.

"죄송하지만, 식사할 만한 장소를 알려 주실 수 있으세요?"

한 아주머니가 창에 나타나자 다리오가 웃으며 말했다.

"왜 그러니?"

아주머니가 창문을 열면서 말했다.

"식사할 만한 데가 있는지 여쭤보려고요. 잠도 잘 수 있으면 좋겠어요."

아주머니가 그를 쳐다보고는 고개를 내밀어 앤디를 보았다. 그러고는 눈살을 찌푸렸다.

"왜?"

그녀가 물었다.

"식사 시간이니까요. 조금 있으면 잠잘 시간이기도 하고요."

"너희들 집에 안 가고 왜?"

"음, 집이 조금 멀어요. 이 근처에 아무것도 없나요?"

"멀리 어디?"

"꽤 멀어요."

"어디 가는 길인데?"

"토레 사라체나에요."

"뭐 하러?"

'뭐 하거나 말거나 무슨 상관이람.'

다리오는 생각하면서 말했다.

"…아빠한테요. 거기 계시거든요. 주변에 호텔이나 펜션 같은 게 있나요?"

"전혀 없어."

"하룻밤 묵을 방이라도."

"방도 없어."

"뭐라도 있을 거 아니에요. 여기 오는 사람들은 어디에서 자요?"

"아무도 안 와."

'뭐 이런?'

다리오는 생각했다.

이윽고 아주머니가 턱을 들어서 길을 가리켰다.

"저쪽으로 더 가면 성당이 있어. 신부님께 부탁해 봐."

"우리를 재워 주실까요?"

"모르지. 가서 물어봐. 신부님을 만나게 된다면 말이야."

다리오가 한숨을 쉬었다. 밤이 되어 어두워진 길을 쳐다보았다.

"크래커든 쿠키든 뭐라도 먹을 것이 없을까요?"

"빵이 있긴 하지만 닭에게 줄 건데."

다리오는 대답하지 않고 잠자코 있었다. 뭐 하나 풀리는 일이 없었다.

"기다려 봐."

아주머니가 말하더니 집 안으로 사라졌다.

다리오는 벽에 기대어 앉았다. 어딘가에서 종이 울리는 소리가 들렸다. 9시였다. 대체 어쩌다 이곳까지 오게 된 걸까. 자동차 한 대가 언덕을 비추며 지나가고 있었다.

"여기서 밤을 새자."

다리오가 작은 목소리로 말했다. 다리오는 그 아주머니가 몇 시간 뒤에 『피노키오』에 나오는 노파처럼 흰 모자를 쓰고 다시 나타난다는 상상을 했다. 이야기 속 노파는 사실은 달팽이다.

다리오는 『피노키오』를 엉터리 같은 이야기라고 생각했다. 별 가치 없는 이야기 말이다. 고양이, 여우, 죗값을 치른 귀뚜라미, 연기 같은 머리카락의 요정이라니! 고래는 말할 것도 없다. 배를 통째로 삼켜 버리는 고래는 본 적도 없다.

하지만 한편으로는 『피노키오』를 좋아했다. 정말 이상한 이야기라서 그런지도 모른다. 골동품처럼 예스러운 아름다움이 있었다.

구식이지만 기품 있는 레이스나 자수 같은 거 말이다.

엄마는 밤마다 다리오에게 『피노키오』를 읽어 주었다. 일요일에는 점심 식사를 하면서 읽어 주기도 했다. 아빠는 사는 데 도움이 하나도 안 되는 가짜 이야기라고 불평불만을 늘어놓았다. 하지만 엄마를 말리기는커녕 옆에서 함께 이야기를 들었다. 심지어 제대로 못 들었다며 다시 읽어 달라고 한 적도 있었다.

이것도 다 옛날 일이다. 사라진 옛날 것들이다. 아빠처럼.

아주머니가 나왔다. 머리에 흰 모자도 안 썼고 달팽이 더듬이도 없었다. 손에 봉지 하나가 들려 있었다. 아주머니는 봉지를 건넸다.

"여기, 치즈도 조금 넣었단다."

"고맙습니다."

다리오가 대답했다.

"저기,"

아주머니가 창밖으로 손가락을 내밀고 길을 가리키며 말했다.

"신부님께 부탁해 봐. 거기 계신다면 말야."

아주머니는 그 외엔 별말 없이 창문을 닫았다.

다리오는 휠체어 손잡이에 봉지를 걸어 두고 앤디의 어깨를 두드렸다.

"이제 그 신부님을 찾아보자."

그가 이어서 말했다.

"고래 배 속에 갇히기 전에. 최악의 상황만은 피하기를 바라자."

20

다리오와 앤디는 결국 신부님을 만나지 못했다. 하지만 성당은 찾았다. 신도석이 몇 안 되고 작은 식당용 탁자처럼 생긴 제단이 있는 작고 휑한 성당이었다.

그들은 신도석에 앉아서 신성한 장소답게 무겁게 내려앉은 적막 속에서 빵과 치즈를 먹었다. 하느님은 안쪽 끝에서 밀랍 향과 섞여 퍼져 나가는 치즈 냄새에 미소를 지으며 그들을 지켜보았다.

잠잘 준비를 했다. 다리오는 의자에 누웠고 앤디는 미끄러지지 않도록 휠체어에 몸을 기댔다. 그리고 깊어 가는 밤, 촛불과 하느님 곁에서 잠이 들었다.

얼마나 지났을까, 웅성거리는 소리에 잠이 깼다. 다리오는 눈을 떴다. 불빛, 낮, 뺨 아래 울퉁불퉁한 의자의 질감이 느껴졌다. 『피노키오』에서 나온 듯한 노파가 이마를 찌푸리며 그를 쳐다보고 있었다. 다리오는 벌떡 일어나다가 팔꿈치를 나무에 찧고는 신음 소리를 냈다.

"쉿!"

노파가 조용히 하라며 성당 중앙을 향해 몸을 돌렸다. 다른 사람들이 들어와서 비좁은 의자에 끼어 앉았다. 제단 앞쪽에는 신부님이 미사를 준비하고 있었다.

"앤디, 일어나 봐. 여기서 나가야 해."

휠체어를 돌리자 그가 아래로 살짝 미끄러졌다. 앤디가 작게 툴툴거렸다.

"쉿!"

방금 전 그 노파가 주의를 주었다. 오르간 연주가 시작되었다. 다리오는 살며시 중앙 복도를 지나 출입구로 향했다.

"으마…"

앤디가 말했다.

"응, 음악이야."

다리오가 대답했다.

"그런데 지금은 가야 해."

"으마!"

앤디가 이번에는 제법 큰 소리로 말했다.

"쉿!"

또 그 노파였다.

"으마!"

앤디는 이제 몸을 흔들면서 소리쳤다. 신도들이 뒤를 돌아보았다. 본당 사제는 제의를 공중에 들어 올리다 멈칫했다.

앤디는 힘겹게 뒤를 돌아 다리오를 보면서 웃었다. 무척 다정하고 애절한 눈빛이었다.

"으마…"

이번엔 작은 소리로 말했다.

"그래, 알겠어."

다리오는 웃으면서 말했다.

"안 될 게 뭐야?"

그는 휠체어를 돌렸다.

"그래 좋아. 콘서트를 즐기자고."

다리오와 앤디가 잠잠해지자 노파가 다시 앞을 보았고 본당 사제의 준비가 끝나고 미사가 시작되었다.

다리오는 성당에 관해 좋은 기억이 없다. 마지막으로 참석했던 미사에서 있었던 일이 아직도 생생하다. 다리오가 장난으로 향로에 넣은 폭죽이 터지면서 미사가 엉망이 되었다. 이런 세상에! 지루한 설교가 중단됐고 미사 집전을 돕는 아이들은 몸을 배배 꼬며 자지러졌다. 느닷없는 폭죽에 놀란 클라우디오 신부님은 촛대를 공중에 집어던지고 반대편으로 몸을 날렸다.

안타깝게도 복사[5]들 말고는 너그럽게 받아 준 사람은 없었다. 다리오는 그 길로 성당에서 쫓겨나 다시는 미사에 참석할 수 없었다. 클라우디오 신부님은 유머 감각이라곤 전혀 없다는 것이 분명해졌다.

둘은 미사가 끝날 때까지 성당에 머물러 있었다. 앤디는 웃으며 말했다.

'고마워.'

그가 눈빛으로 말하자 다리오가 대답했다.

"뭘 이런 걸로."

그들은 삼삼오오 모인 사람들에 둘러싸여 성당 안뜰로 나갔다. 신도들 일부는 집에 돌아갔고 또 일부는 다리오와 앤디를 유심히 보면서 이상하다는 듯 조용히 속삭였다.

"이런 거 어때?"

다리오가 웃으며 말했다.

"꼭 잡아."

5) 미사 중에 사제를 도와 예식을 원활하게 거행할 수 있도록 보조하는 사람

앤디의 휠체어가 모여 있는 사람들 사이를 비집고 들어갔다.

"이얏호!"

다리오가 팔을 들어 올리면서 소리쳤다. 사람들이 흩어졌다가 옆으로 옮겨 가서는 다시 한데 모였다. 다리오는 휠체어를 돌렸다.

"이얏호!"

다시 한 번 소리치며 달려갔다. 그러자 마치 춤추는 듯 사람들의 대형이 움직이기 시작했다. 휠체어를 이리저리 움직이자 사람들 무리가 흩어졌다 모였다를 되풀이했다. 카우보이 커플들이 플로어 중앙을 가로지르며 추는 스퀘어댄스[6] 같았다.

잠시 후 사람들은 지쳤는지 집으로 발길을 돌렸다.

"이얏호!"

사람들이 모두 떠나자 다리오가 소리쳤다. 앤디도 고개를 뒤로 젖히며 웃었다.

"이얏호!"

앤디도 따라 했다. 다리오가 손을 들었다.

"하이파이브!"

앤디가 그를 쳐다보았다.

'이제 그만 적당히 해.'

---

6) 4쌍의 남녀가 서로 마주 서서 정사각형을 이루면서 추는 춤

다리오는 배낭을 열어 안을 뒤적였다. 분명 거기에 넣어 두었다. 언제 마지막으로 휴대폰을 사용했는지 기억조차 나지 않았다. 100년은 지난 일 같았다.

잠시 뒤 사용한 휴지와 반쯤 먹다 남긴 빵 사이에서 휴대폰을 찾았다. 전원을 켰다. 띵동, 띵동, 띵동, 띵동, 띵동, 띵동, 띵동…. 56통의 부재중 전화가 있었다. 이틀도 채 지나지 않았는데…. 아무리 대통령이라도 이틀 동안 56통의 전화는 받지 않을 것이다. 웃음이 나왔다. 부재중 전화를 무시하고 화면을 넘겨서 음악 보관함을 열었다. 주머니에서 라임색 이어폰을 꺼내 앤디의 귀에 꽂아 주었다.

"이거 들어 봐."

그리고 재생 버튼을 눌렀다.

앤디는 입을 벌리고 눈썹을 치켜올렸다. 그리고 웃고 있는 다리오를 쳐다보았다. 앤디는 리듬에 맞춰 몸을 앞뒤로 들썩거리며 따라 웃었다.

"으마!"

그가 소리쳤다.

"맞아, 저런 성당 음악과는 달라. 이게 진짜 음악이지."

다리오는 시동을 켜고 출발했다.

구불구불한 언덕길을 오전 내내 달렸다. 앤디는 노래에 온통 정신이 팔렸다. 헬멧은 이마까지 흘러내렸고 귀에는 라임색 이어폰을 꽂고 있었다.

다리오는 음악을 좋아했다. 하지만 필요한 경우에만 들었다. 델프라티 선생님 수업 시간이야말로 음악이 절실히 필요한 순간이었다. 음악이 없으면 델프라티 선생님을 무슨 수로 감당할 수 있을까? 음악은 외부와 단절되어 혼자만의 시간을 보내는 방법이었다. MP3형식으로 된 마리화나이자 귀로 피우는 마리화나였다. 다리오는 들판을 달려가며 웃었다. 웃으면서 생각했다. 그 순간만큼은 앤디도 마리화나 같은 존재였다. 학교를 멀리 벗어나 모든 걸 잊고, 앤디를 만나기 이전의 세상과 잠시 거리를 두는 방법이다.

마리화나 같은 앤디, 사람들이 발버둥 치며 살아가는 바깥세상. 앤디는 그 세상의 실체가 어떤지도 모르고 마냥 웃고 있다. 그 세상은 아름답지 않았다. 진흙탕이었다. 손쓸 새도 없이 모든 걸 휩쓸어 가 버리는 진흙투성이의 강이었다. 진흙이 쉴 새 없이 흐르는 동안 앤디의 세상은 여러 행성에게 둘러싸인 태양처럼 자신의 궤도를 따라 돌고 있었다. 그 어떤 것도 행성들에 둘러싸인 태양을 방해할 수 없다. 그 아래 흐르고 있는 강도 마찬가지이다. 완벽히 독립적인 시스템으로 스스로 균형을 유지하며 돌아간다.

그렇다, 다리오는 앤디가 부러웠다. 앤디에게는 인간의 법도 피해 가는 불멸의, 함부로 다가갈 수 없는 뭔가가 있었다. 앤디는 신화 속 인물처럼 반은 인간, 반은 휠체어인 존재였다. 신화적 존재가 부러운 건 당연하지 않을까?

언덕 꼭대기에 도착해서 멈추었다. 언덕 반대편에는 집들이 줄지어 서 있었다. 꼭대기에는 주유소가 위치한 넓은 부지가 펼쳐져 있었다.

다리오는 주유소로 들어가 락-카의 시동을 껐다.

"세상에!"

관리인이 다가오면서 말했다. 휠체어를 보며 옷에 손을 닦았다.

"대체 이게 뭐니?"

"휠체어잖아요?"

다리오가 말했다. 그러자 관리인이 웃음을 터트렸다.

"그래, 그렇구나."

그가 웃으며 물었다.

"그런데 이런 건 처음 보는구나. 가솔린 넣어 줄까?"

"아니요, 저는 잠시 수다를 떨려고 들른걸요."

관리인은 멈칫하며 웃음을 멈추었다.

"고급 가솔린을 넣어 주시겠어요?"

다리오가 장난기를 거두고 말했다.

"아니."

이번에는 관리인이 장난조로 말했다.

"난 친구들과 카드 게임을 하러 왔는걸."

다리오는 그를 쳐다보았다. 그가 좋은 사람이라는 걸 금방 알아차렸다. 눈을 보면 어떤 사람인지 알 수 있다. 눈빛이 모든 걸 말해 준다. 눈을 보면 많은 것을 알 수 있다. 그래서 뭔가 숨기려 드는 사람들이 자꾸 시선을 피하는 건가 보다.

"알겠어요. 장난쳐서 죄송해요."

다리오가 다시 말했다.

"고급 가솔린을 넣어 주시겠어요?"

관리인이 눈썹을 치켜올리고 돌아서서 호스를 잡았다.

"어디 가는 길이니?"

"토레 사라체나요."

"토레 사라체나, 멋진 곳이지."

"저는 안 가 봐서 잘 몰라요."

"친구 집에 놀러 가니?"

다리오가 도로를 쳐다보았다.

"아빠에게요. 거기 사세요. 여기가 바다로 이어지는 28번 국도 맞죠?"

"맞아. 쭉 내려가렴. 그런데 고속도로를 타야 할 거야. 이걸 타고 고속도로를 달릴 수 있겠니?"

"어떤 거 말씀이세요?"

"이거, 여기 이거 말이야."

관리인은 휠체어 아래에 툭 튀어나온 엔진을 보았다.

"배기량이 얼마나 되니? 50시시(cc)도 안 될 것 같은데. 고속도로를 달리려면 적어도 125시시(cc)는 돼야 하는데. 표지판 못 봤니?"

"고속도로로 가지 않는 방법은 없어요?"

"글쎄, 들판을 지나가면 모를까."

다리오는 자신의 앞쪽으로 내리뻗은 길을 보았다. 도로는 한동안 이어지다가 열구름으로 덮인 드넓은 평야 속으로 사라졌다.

관리인은 주유 펌프를 제자리에 두었다.

"안으로 들어오렴."

그가 말했다.

"알려 줄게."

다리오는 손가락으로 빈 접시를 훑어서 남은 부스러기를 모았다. 그는 관리인이 길을 설명하면서 준 파니니를 먹어 치웠다. 앤디의 몫은 남겨 두었다. 성당 음악 사건 이후로 그도 앤디도 쫄쫄 굶은 상태였다.

"이제 알겠니?"

지도에서 눈을 떼면서 관리인이 말했다.

"네, 다리를 건너서…"

"아니, 다리 건너기 전에, 다리를 건너갔다가는 10킬로미터를 돌아가게 될 거야."

"네, 다리 건너기 전에 오른쪽이요."

"아니, 왼쪽! 세상에나. 대체 여기까지는 어떻게 온 거니?"

다리오는 사실 딴 데 정신이 팔려 있었다. 바로 앞 공터에서 그네를 타고 앞뒤로 움직이는 앤디를 창 너머로 보고 있었다. 장애인용 그네, 다리오는 그런 게 있는지도 몰랐다. 주유소 관리인 아저씨도 몰랐던 게 분명하다. 그가 다리오의 시선을 따라 창밖을 보면서 말했다.

"저 그네 조금 이상하게 생겼어, 그렇지?"

사실 특별할 건 없었다. 보통 그네보다 조금 크고 휠체어가 들어갈 수 있도록 앞쪽에 문이 달려 있을 뿐이었다. 아주 단순하고도 기발했다. 그걸 만든 사람은 기계 장치든 바퀴든 새로운 것을 발명할 필요가 없었다. 그저 나무가 아닌 숲을 바라보는 시선을 가진 것으로 충분했다.

지금 앤디는 우주선 같은 그네를 타고 입을 벌려 바람을 들이마시면서 몸을 앞뒤로 흔들고 있다. 앤디 세상의 행성들에 둘러싸여 스스로 움직이고 있다.

"이제, 알겠니?"

"네, 알겠어요. 다리가 나오면 왼쪽으로, 그 다음에 6~7킬로미터 정도 직진이요."

다리오는 손가락으로 지도를 훑었다.

"6~7킬로미터, 그 이상은 가지 말고."

바로 거기 있었다. 토레 사라체나. 지도 위의 점. 거대할 거라고 생각했는데 다른 도시들과 마찬가지로 한낱 점에 불과했다. 실은 더 작은 점이었다. 분명 아주 작은 마을일 것이다. 이상하게도 뭔가를 실제로 알고 나면 달리 보인다.

관리인은 자리에서 일어나 냉장고를 열고 맥주를 꺼냈다. 밖을 내다보고는 고개를 저으며 말했다.

"쟤는 어떻게 된 거니?"

그는 따뜻한 태양 빛 아래 이리저리 움직이고 있는 앤디를 가리켰다.

"누구요?"

"네 친구 말이야. 왜 그런 거야?"

"왜라니요?"

"알아듣니? 그러니까, 말을 알아듣냐고?"

"당연히 알아듣죠. 바보가 아닌걸요."

"그렇겠지."

그가 껄껄 웃으면서 말했다.

"이렇게 직접 본 적이 없었어. 저런 사람 처음 봐."

"저런 사람 누굴 말하는 거예요?"

다리오가 물었다.

"세상에, 저 아이 같은 사람들, 뭐라고 부르더라…."

장애가 있는 사람? 이 말을 하고 싶은 건가? 불구자? 이상한 사람? 뭐라고 말하든 당신 탓이 아니다. 100년 전에 '장애인들'은 야생 동물과 희귀 동물쯤으로 취급되었다. 구경거리 정도에 불과했다.

"어떤 기분일까?"

관리인이 웃으면서 중얼거렸다. 맥주를 한 모금 마셨다.

"저런 사람들은 자신의 상태를 알고 있을까?"

"어떨지 모르죠. 바보가 자신이 바보란 걸 알던가요?"

관리인이 웃음을 멈추고 다리오를 보았다.

"이제 어떻게 가는지 알았지?"

그는 문을 열고 밖으로 나갔다.

"실례할게, 손님이 왔구나. 네 친구가 노는 동안 넌 여기 있어도 좋아."

실내 공기는 따뜻했다. 그리고 프로슈토[7]를 넣은 파니니 냄새가 났다.

다리오는 따뜻한 것을 좋아한다. 그건 포옹과 같다. 몸을 감싸고 피부를 맞대는 것 말이다. 따뜻하면 생각도 느슨해지고 더 가벼워진다. 생각이 바람에 전부 날려 간다.

아빠는 '생각'에 대해 늘 이렇게 말했다.

"생각하지 마, 다리오. 생각은 머리를 더 무겁게 한단다."

하지만 그럴 수 없었다. 비가 오면 하수구에 쌓이는 낙엽처럼 떠오르는 생각들을 멈출 수가 없었다. 그러다 어느 날 그 수많은 생각에 짓눌려 쓰러져 죽은 그를 이웃들이 발견하게 될까 봐 겁이 났다. 그러면 사인을 밝혀낼 수 없다. 답을 알고 있는 유일한 사람은 이미 오래전에 저 멀리 토레 사라체나라고 불리는, 생각을 뛰어넘

7) 이탈리아 파르마 지방에서 생산된 햄 종류

116

는 곳으로 떠났다.

한편, 밖에는 앤디의 세상이 계속해서 공전하고 있었다.

공원 한편에서 한 여자아이가 돌을 주우며 다가오고 있었다. 돌을 모아 가방 안에 넣으며 조금씩 앞으로 이동했다. 아이는 이따금씩 앤디를 흘끔거리며 쳐다보았다. 돌을 줍는 일에 무척 열중해 있었지만 시선은 자꾸 그네로 향했다.

여자아이는 가방을 어깨에 메고 앤디에게 다가갔다.

"안녕?"

앤디가 아이를 쳐다보자 아이가 눈을 마주쳤다.

"말할 줄 모르니?"

앤디가 대답을 않자 아이는 미소 지으며 말했다.

"알겠어. 부끄럼을 타는구나. 음, 난 이사야, 이사벨라의 이사. 네 이름은 뭐야?"

앤디는 계속 웃는 얼굴이었다.

"네 이름은?"

이사가 또 한 번 물었다.

"…애디."

이윽고 앤디가 앞으로 몸을 숙이며 말했다.

"애디."

이사가 따라 말했다.

"멋지다. 애디는 어떤 이름의 줄임말이야?"

"…애디."

앤디가 다시 말했다.

"애디의 애디? 알겠어. 멋진 이름이야. 조금 특이하지만 멋져."

이사가 웃었다.

"아르키메데스 피타고라스의 조수 이름 같아. 아르키메데스 피타고라스라고 알아?"

앤디는 대답하지 않았다. 이사는 웃었다.

"내가 지금 뭐 하는지 알아? 보석을 찾고 있어."

주변을 둘러보더니 몸을 숙여서 돌을 주웠다.

"아무한테도 말하지 마, 이 공원에 보석이 엄청 많아."

앤디가 땅을 보았다. 그네의 움직임이 잦아들고 있었다.

"응, 네가 무슨 말을 하고 싶은지 알아. 이건 그저 흔한 돌이라는 거잖아. 틀렸어. 이건 눈속임이야. 난 이걸 다이아몬드보다 더 귀중한 것으로 만들 줄 알아."

이사는 그네의 문을 열고 들어가더니 돌을 꺼내서 공중으로 팔을 뻗어 올렸다.

"잘 봐."

이사가 말했다.

"뭘 닮은 것 같아?"

이사는 손가락으로 두세 번 돌을 뒤집어 앤디에게 보여 주었다.

"토끼인가? 아니야…. 개구리?"

앤디가 고개를 저었다.

"그래, 네 말이 맞아. 고양이인 것 같지?"

앤디가 웃었다.

"그래, 맞아. 고양이야. 아리스토캣[8]에 나오는 고양이 같아."

돌을 내려놓고 가방에서 검정색 파스텔을 꺼냈다.

"이제 마술을 보여 줄게."

이사가 말했다.

"잘 봐, 알았지? 이렇게 하면 눈이 돼. 봤지? 동그라미 두 개를 그리니까 고양이 눈이 됐어. 그리고 고양이 코를 그릴 거야. 다음은 고양이 수염, 고양이 귀…."

그러다 멈추고는 앤디에게 돌을 보여 주었다.

"…양이."

앤디가 말했다.

"맞았어. 이제 정말 고양이 같아. 근데 기다려 봐, 아직 안 끝났어."

이사는 주머니에서 여러 색 파스텔을 꺼냈다.

8) 월트 디즈니 프로덕션이 1970년 제작하고 개봉한 미국의 애니메이션 영화(The Aristocats)

"우리 고양이는 무슨 색깔로 할까? 검은 고양이? 아니야, 검정색은 너무 어두워서 별로야. 주황색 고양이는 어때? 이것도 아니야, 너무 이상하고 심술궂어 보여. 심술쟁이 고양이는 싫어. 아니면 파란 고양이 어때? 그래, 파란 고양이, 맘에 들어? 파란 고양이 본 적 있어?"

앤디가 고개를 저었다.

"나도 본 적 없어. 그래서 딱이야. 우리가 처음으로 파란 고양이를 만드는 거야."

이사가 웃으면서 파란색 파스텔로 고양이를 색칠하기 시작했다.

"파란 고양이 멋지다. 귀족 고양이 같아. 우아한 상류층 고양이야."

앤디가 고개를 끄덕이자 그네가 움직였다.

"움직이면 안 돼, 그러면 춤추는 고양이가 돼. 춤추는 고양이를 만들고 싶니?"

앤디가 고개를 저었다. 그리고 움직이지 않았다.

"나도 그건 싫어. 파란 고양이가 훨씬 멋있어."

그러고는 다시 색을 칠하기 시작했다.

앤디는 몸을 숙이고 지켜보았다. 그녀의 뺨을 바라보고 머리카락 냄새를 맡았다. 나뭇잎 냄새가 났다. 센터 정원에서 사람들이 나무와 울타리를 손질할 때 맡아 본 냄새였다. 파비올라의 머리카락에서도 나뭇잎 냄새가 났다. 마치 봄에 자란 머리카락 같았다.

"뭐 해?"

이사가 물었다. 앤디는 대답하지 않았다. 아이는 앤디가 뭘 하든 내버려 두었다. 그가 좋은 아이라는 걸 알고 있었다. 아침을 맞는 세상처럼, 태양이 떠오르기 직전 아직 완벽하게 깨지 않은 세상처럼 말이다.

"다 됐어."

이사가 말했다.

"이거 봐, 정말 멋있지? 멋진 귀족 고양이 같지?"

돌을 머리 위로 들어 올렸다. 더 이상 한낱 돌멩이가 아니었다. 진짜 고양이였다. 다이아몬드보다 귀한, 정말로 멋진 파란 고양이가 되었다.

앤디가 골골 소리를 냈다.

"갖고 싶으면 너 가져."

이사가 말했다.

"그래야 보고 싶을 때 언제든지 볼 수 있지."

이사는 손을 내밀었고 앤디가 손을 뻗을 때까지 기다렸다. 앤디가 천천히 팔을 움직였다. 팔걸이 위로 뻗어 손목을 돌리며 천천히 손가락을 폈다. 그리고 손바닥을 위쪽으로 향하게 펼쳤다.

이사가 웃었다.

"꽉 잡아, 안 그러면 떨어져."

그녀가 말했다.

"난 이제 가야 해, 점심 먹을 시간이야. 안녕, 애디."

이사는 웃으며 말했다.

"만나서 반가웠어."

그러더니 앤디의 볼에 뽀뽀를 했다.

"가끔 파란 고양이를 봐 줘. 우리가 다시 만난 것 같을 거야."

이사는 그네에서 폴짝 뛰어내린 다음 달려갔다.

22

"둘이 무슨 얘기했어?"

다리오가 시동을 켜면서 물었다.

앤디가 웃었다.

'그게 왜 궁금해? 우리끼리 얘긴데.'

"넌 여자한테 참 인기가 많은 것 같아, 안 그래?"

'당연하지. 정말 나를 셀러리라고 생각했던 거야?'

이제 바다로 이어지는 평원을 향해 뻗은 내리막길이 나왔다. 상
쾌하고 가벼운 바람이 짠 내음을 그들이 있는 곳까지 싣고 왔다.

"네게 뭘 주는 것 같던데. 그게 뭐야? 선물이야?"

앤디가 고개를 들었다.

'선물이야. 신경 쓰지 마.'

"에이, 튕기지 말고 얘기해 줘. 우린 친구잖아?"

다리오는 굳게 주먹 쥔 앤디의 손을 쳐다보았다.

"파란색인데? 파란색이 보여. 그러지 말고 어서 얘기해 줘."

앤디가 고개를 숙였다가 다시 정면을 바라보았다. 저 멀리 평원은 낮게 깔린 푸른 안개에 가려 형체가 보이지 않았다.

"우리 엄마가 뭐라고 했는지 알아? 파란색은 차분함을 상징하는 색이래. 그러니까 파란색을 좋아하면 차분한 사람이라는 뜻이라는 거지."

다리오가 말하면서 고개를 저었다.

"하지만 그건 말이 안 돼. 영어로 파란색은 '우울하다'는 뜻이거든. 그러면 영국인이 파란색을 좋아하면 차분하고 우울한 사람이라는 거네?"

다리오는 어렴풋이 보이는 수평선과 도로를 쭉 훑어보았다.

"내게 파란색이 어떤 의미인지 알아?"

다리오가 말했다.

"닿을 수 없는 색이야. 하늘을 봐. 파란색이잖아. 하늘에 갈 수 있니? 바다도 파란색이야. 실제로 파란 바다엔 갈 수 없어. 가까이 가더라도 막상 가 보면 파란색이 아니란 걸 알게 될 거야. 파란색은 저 멀리, 네가 있는 곳보다 더 멀리 있어."

그러면서 손으로 저 너머를 가리켰다.

"이제 파란색이 어떤 건지 알겠지? 저 멀리 닿을 수 없는 곳에 있는 것들의 색이야."

다리오는 속도를 줄였다. 엔진이 천천히 돌아갔다. 그러는 동안 앤디는 또다시 음악에 취해 어디로 가는지도 모르고 평온하게 웃고 있었다.

그런데 다리오는? 다리오는 어딜 가는지 알고 있었나? 토레 사라체나? 닿을 수 없는 색의 안개로 덮인 저 평원 끝자락에 있는 미지의 장소?

그렇다 해도 그가 선택한 것이었다. 이번만큼은 그의 선택이었다. 처음으로 승리를 거뒀다. 이제 그는 자유의 몸이고, 비로소 자기 삶의 주인이 되었다. 강한 자는 승리하고 실패한 약한 자는 무리에서 떨어져 나간다. 동물의 왕국은 이렇게 돌아간다. 그런데 왜 실패한 사람들이 남고 그가 무리를 이탈한 걸까?

다리오는 저 높은 곳에서 평소처럼 무심히 평온한 미소를 짓고 있는 태양을 바라보았다.

"진실이 뭔지 알아, 앤디?"

그가 말했다.

"진실은? 다 헛소리라는 거야. 그게 바로 진실이지."

그가 목소리를 높였다.

"파란색, 하늘, 바다 전부 헛소리야! 아니면 이 빌어먹을 평원 한 가운데에서 휠체어를 타고 뭐 하는 건지 말해 볼래?"

그는 팔을 벌려서 밸브를 잠갔다. 휠체어가 덜컹거리더니 엔진이 꺼졌다.

"젠장!"

다리오는 하늘과 태양, 바다, 앤디, 토레 사라체나, 그리고 그를 둘러싸고 있는 것들을 향해 소리를 질렀다. 그의 목소리가 언덕에 울려 퍼졌고 흐느껴 우는 것처럼 갈라지고 쉿소리를 내며 돌아왔다. 새 한 마리가 멀리서 대답했다.

다리오는 눈을 감았고, 잠깐이었지만 다리오에게 집중된 세상의 소리를 들었다. 눈꺼풀 아래를 짓누르는 눈물이 느껴졌지만 그는 다리오 대왕이었고 대왕은 눈물을 보여선 안 된다. 그런데 눈물이 말을 듣지 않았다. 순수한 물이 쏟아져 나왔다.

잠시 후 주변이 고요해졌다. 메아리가 이내 사라졌다. 다리오는 말없이 휠체어에 등을 대고 팔걸이에 몸을 기댔다.

아무 소리도 나지 않았다. 아무것도, 심지어 바람 소리도 들리지 않았다. 오로지 저 멀리서 간신히 들리는 울림, 수평선에서 울리는 종소리, 나무에 숨어 있는 한 마리 새의 심장 박동 소리뿐이었다.

다리오는 눈을 떴다. 주위를 둘러보았다. 앤디는 돌을 손에 꼭 쥐고 손등으로 휠체어를 두드리고 있었다. 그는 다리오를 향해 쭉 뻗은 팔을 돌리더니 손바닥을 펼쳤다.

다리오는 자신의 손바닥 위로 돌이 미끄러져 들어오는 것을 느꼈다. 돌은 단단하고 무겁고 매끄러웠다. 파란색, 새 파란색, 밝은 파란색, 달아나지 않고 그대로 머물러 있는 파란색, 진실되고 진정한 진짜 파란색을 느꼈다. 만질 수 있는 파란색이었다.

다리오는 뺨에 흘러내린 눈물을 닦았다. 코를 훌쩍였다.

"와~."

감탄밖에 나오지 않았다.

23

그들은 다시 출발하기 전까지 한참 동안 멈춰 서 있었다. 다리오
는 도로 옆 햇볕이 잘 드는 잔디에 앉았고 앤디도 그 옆에서 잠시
동안 휠체어가 아닌 풀밭에 엉덩이를 대고 앉았다.

"어서, 앤디. 빌어먹을 휠체어는 치우고 잠깐이라도 삐쩍 마른 엉
덩이로 진짜 세상을 느껴 봐. 땅과 흙냄새를 맡아 보고 손가락을
펼쳐서 풀을 만져 봐. 태양 빛처럼 따뜻하고 꽉 찬 노란색의 촉감
을 느껴 봐."

"느껴져, 앤디? 손에 태양이 느껴져?"

다리오는 마리화나 봉지를 꺼냈다. 이틀 동안 손대지 않았다. 봉
지를 열어 잎을 조금 꺼내서 종이에 넣고 돌돌 말았다.

몸이 가벼워지는 느낌이었다. 빨아들였다. 공기 중으로 몸이 떠올랐다. 연기와 함께 부드럽고 가볍게 위로 붕 떠올랐다.

"애들은 안 돼."

아빠는 이렇게 말하곤 했다.

"애들은 손대면 안 돼."

이유는 설명해 주지 않았다. 설명은 필요 없었다. 손대려 할 때마다 아빠는 손바닥으로 철썩 때리기만 했다.

다리오는 어느 날 자신이 마리화나를 피우게 될 줄은 상상도 못했다. 그건 자신을 무적의 진짜 어른으로 만들어 주는 것이다. 그래서 시작했는지 모른다. 대왕이 된 듯한 기분을 느끼고 싶어서. 하지만 더 이상 아빠가 없는 집에서 무슨 수로 대왕이 된단 말인가?

그는 입을 벌리고 잠시 동안 연기가 천천히 공중으로 떠오를 때까지 기다렸다. 내버려 둬, 다리오. 연기가 날아가도록 내버려 둬. 원하는 곳으로 날아가도록 내버려 두렴. 아빠의 목소리가 들리는 것 같았다.

'내버려 둬.'

'아빠?'

'응, 다리오니?'

'아빠예요?'

'그래, 다리오.'

하얗고 짙은 연기가 바람에 휘감겼다.

'아빠?'

세차게 부는 바람이 연기를 다시 목구멍으로 밀어 넣었다. 다리오는 콜록거렸다. 침을 뱉고 기침을 했다. 무릎을 꿇고 몸을 일으켰다.

앤디는 움직이지 않았다. 요람 속 아기처럼 평온하게 잠들어 있었다. 어떤 것도 그를 앤디 세상 밖으로 꺼낼 수 없었다.

'알고 있지? 앤디.'

다리오가 생각했다.

'무슨 일이 벌어지고 있는지 알지?'

앤디가 웃었다.

'당연히 알지, 그렇다고 달라질 게 있어? 날 내버려 둬. 자고 싶어. 꿈속에서 기억을 떠올리고 있어. 센터 정원의 들판과 잔디를 떠올려. 그리고 나뭇잎으로 내 이마를 쓰다듬던 파비올라를 떠올려.'

앤디는 꿈속에서 파비올라를 보고 말했다.

'파비올라, 뭐 해?'

'나뭇잎으로 쓰다듬는 거 별로야?'

'너무 좋아. 네가 생각해 낸 거야?'

'응.'

'어떻게 했어?'

'아름다운 것 두 가지를 합쳤더니 생각이 났어.'

'어떤 거?'

'나뭇잎과 앤디.'

초록색 나뭇잎의 촉감을 느끼면서 앤디는 이런 생각을 했다. 사람은 아름다운 것들을 위해 태어났다. 뭐든지 알아 가려면 만져 봐야 하듯이 아름다운 것도 그렇다. 우리는 이런 아름다운 것들을 만지기 위해 태어났다. 앤디가 손으로 느낄 수 없다면 눈을 이용하면 된다. 눈으로 만진다. 눈 또한 아름다운 것이니까.

눈으로 만지는 것은 누구나 할 수 있는 일이 아니다. 시간과 인내, 의지가 필요하다. 앤디는 이 모든 조건을 갖췄고, 이제 눈으로 만지는 데는 선수다. 만지기, 다가가기, 쓰다듬기, 껴안기, 뽀뽀하기라면 따라올 자가 없었다. 이뿐만 아니라, 때리기, 부딪치기, 상처 입히기, 망가뜨리기도 앤디가 눈으로 기가 막히게 해내는 것들이다. 앤디는 앤디인 동시에 반신반인이자 신화적인 존재였다.

"내게도 눈으로 만지는 법을 가르쳐 줄 수 있어?"

이따금 파비올라가 앤디에게 물었다.

'당연하지.'

앤디가 말했다. 그녀를 바라보며 방법을 알려 주었다.

다시 길을 떠났을 때는 이미 늦은 시간이었다. 평야와 바다로 이어지는 내리막 도로 근처에 다다랐다. 국도를 따라 가로수가 정갈하게 심어져 있었다. 나무 사이로 단층의 하얀 빌라가 보였다. 대문에는 CCTV가 설치되어 있고 담장이 둘러져 있었다.

"있잖아."

다리오가 말했다.

"이런 데 살면 좋을 것 같아, 넌 어때?"

앤디가 웃었다.

'저기 보여?'

그가 말했다.

'저 아래, 지붕이 편평한 집.'

"나쁘지 않아. 저긴 어때? 수영장도 있어."

'멋지다. 크면 저런 집에서 살 거야.'

"맘에 들어? 한 번 들어가 볼래?"

'어떻게 들어가? 셔츠를 입어 보는 것처럼 간단하지 않아.'

"집은 들어가 봐야 되는 거야. 그래야 그 집이 괜찮은지 아닌지 알지, 안 그래?"

앤디가 웃었다.

'나 놀리는 거지?'

"못 믿겠어?"

'응.'

"그래. 그럼 기다려 봐."

휠체어를 세웠다. 기어를 바꾸고 빌라 입구로 돌아가서 대문 앞에 멈추었다. 대문 너머, 공터로 가는 자갈길에 자동차가 줄지어 주차되어 있었다. 공터에는 아이들이 차에 기대어 대화를 나누고 있었다. 집 안에서 신나는 음악이 새어 나왔다.

"무슨 일이니?"

갑자기 한 남자가 문 앞에 나타나서 말했다.

"이런!"

다리오가 소리쳤다.

"놀랐잖아요."

그 남자는 멈춰 서서 말했다.

"용건이 뭐야?"

검은색 셔츠, 검은색 넥타이, 검은색 선글라스. 영화 「맨 인 블랙」의 주인공 같았다. 둘 중 유쾌한 사람 말고 나머지 한 명 말이다.

"파티에 왔어요."

다리오가 말했다.

"네가 누군데?"

"누구긴요?"

다리오가 말했다.

"저는 레오 친구예요."

"레오?"

남자가 물었다.

"레오라는 사람은 모르는데."

다리오가 미소를 지었다.

"새로 오셨죠?"

"새로 왔냐고?"

"네. 전에 본 적이 없어서요. 처음이에요?"

"응…. 그런데?"

"아니에요, 그럴 줄 알았어요. 어서 들여보내 주세요. 친구들이
기다려요."

"초대장 있니?"

그가 말했다. 다리오는 대답하지 않았다.

"초대장이 없으면 들어갈 수 없어."

다리오가 웃었다.

"초대장은 없어요. 그런 건 필요 없어요."

"그럼, 들어갈 수 없어."

다리오가 어깨를 으쓱했다.

"알겠어요. 당신 문제죠."

휠체어를 돌려서 앞으로 걸어갔다.

"얘야!"

남자가 소리쳤다.

"잠깐 기다려 봐."

그가 앞으로 다가왔다.

"내 문제라는 말이 무슨 뜻이야?"

"사실은 레오가 동생을 데리고 와 달라고 부탁했어요. 저를 들여 보내지 않을 거잖아요? 레오와 얘기하세요. 저는 다른 볼일이 있어 서요. 안녕히 계세요."

남자가 앤디를 쳐다보았다.

"레오가 이 집에 사는 사람이니?"

"이 집에 사냐고요? 여긴 레오 집이에요. 정확히는 그의 아빠 집 이죠."

"그리고 얘는 레오의 동생이고?"

그가 앤디를 가리키며 말했다. 앤디가 그에게 골골 소리를 냈다. 그가 입을 벌리고 고개를 갸우뚱했다.

"들여보내 주는 게 좋을 거예요."

다리오가 말했다.

"얘 심기를 건드리는 거예요. 흥분하면 끝장이에요."

앤디가 배 속 깊은 곳에서 끌어 올린 듯한 음침한 동굴 소리를 냈다. 그리고 휠체어를 앞뒤로 흔들기 시작했다.

"이런, 이럴 줄 알았어."

다리오가 말했다. 앤디의 어깨를 잡고 살살 흔들었다.

"앤디, 진정해, 이제 들어갈 거야…."

앤디가 중얼거렸다.

"레오, 레오, 레오…."

그가 같은 말을 되풀이했다. 눈을 찡그리고 침을 흘리기 시작했다. 남자가 뒷걸음질 쳤다.

"이런 젠장…."

그가 말했다. 뒤돌아서 기둥에 있는 버튼을 눌렀다.

"문 열었어. 봐, 문 열렸어."

그가 손을 높이 들고 말했다.

"난 문제를 일으키고 싶지 않아, 알겠니?"

"이제 됐어."

다리오가 휠체어를 타고 들어가면서 말했다.

"하마터면 못 들어갈 뻔했어!"

남자를 노려보면서 재빨리 안쪽 길로 들어섰다. 등 뒤로 대문이 닫혔다.

"정말 잘했어, 앤디."

다리오가 말했다.

'알아.'

앤디가 웃으면서 대답했다. 그들은 따가운 시선을 보내는 아이들 옆을 지나갔다. 곧장 현관으로 가서 집 안으로 들어갔다. 스테레오 소리가 100데시벨로 부는 바람처럼 와락 달려들었다.

"…으마!"

엄청난 규모였다. 더블 아니 트리플룸 크기의 거실 전면은 유리 창으로 덮여 있었다. 줄지어 늘어선 기둥이 집을 빙 둘러싸고 있었으며 그 너머에는 거울같이 반짝이는 파란 수영장이 펼쳐져 있었다.

"안녕!"

누군가 소리쳤다. 다리오가 돌아보았다. 자홍색 드레스를 입은 여자아이가 불쑥 나타나서 웃으며 말했다.

"놀랐잖아."

다리오가 웃으면서 말했다.

"뭐라고?"

그녀가 귀 뒤로 머리를 쓸어 넘기면서 말했다.

"깜짝 놀랐다고!"

다리오가 다시 말했다. 음악 소리에 목소리가 묻혀 버렸다.

"나는 티파니야!"

"난 다리오! 얘는 앤디!"

"멋진데! 다리오와 앤디. 너희는 누구 친구야?"

"…레오!"

"레오? 레오가 누군지 모르겠지만 상관없어! 어서 축하해 줘!"

"무슨 축하?"

다리오가 말했다.

"나. 이건 나를 위한 파티야!"

"아, 축하해!"

"고마워, 고마워, 고마워!"

티파니는 그의 볼에 뽀뽀를 했다.

"어서 가서 신나게 놀자!"

24

한쪽 벽면에는 대형 스크린이 걸려 있었다. 형형색색의 빛이 온 주변을 비추는 락 콘서트처럼 무지갯빛 영상을 내보내고 있었다. 소리가 참기 힘들 정도로 요란했다. 탁자 위에 놓인 유리잔이 흔들 거렸다. 다리오가 몸을 숙였다.

"맘에 들어?"

앤디에게 묻자 앤디가 고개를 끄덕이며 소리쳤다.

"…으마."

뷔페가 차려진 곳으로 다가갔다. 바리스타가 손에 흰 장갑을 끼 고 칵테일 셰이커를 돌리고 있었다.

"어서 와, 뭘 줄까?"

다리오는 쭉 늘어서 있는 음료를 보았다.

"저거요."

바리스타는 대답하지 않았다. 다리오를 쳐다보고 눈썹을 치켜올렸다.

"왜 그러세요? 저는 성인이에요."

다리오가 말했다.

"그렇겠지. 오렌지 주스와 코카콜라 중 뭘 마실래?"

다리오가 한숨을 쉬었다.

"코카콜라 주세요."

그는 이어서 말했다.

"두 개 주세요. 빨대도요."

바리스타는 뒤를 돌았다. 코카콜라를 잔에 따라 건네주었다.

"고맙습니다."

다리오가 말했다. 티파니가 다리오의 팔을 잡았다.

"그래 보이기도 해."

그녀가 말했다.

"뭐가?"

"어른 같아. 다 큰 어른처럼 보이기도 한다고. 머리가 조금 더 짧았으면 정말 그랬을 거야."

그녀는 다리오의 관자놀이를 손가락으로 훑었다.

"쟤는 샘이야."

라임색 소파에 앉아 있는 여자아이를 가리키며 말했다. 샘이 그들을 불렀다.

"어서, 이리 와."

샘이 앤디를 보았다.

"저 아이도 데려와도 돼."

"그래도 돼?"

다리오가 대답했다.

"보통 장애인 주차장에 두고 다니거든."

샘의 눈이 휘둥그레졌다.

"장난치지 마!"

티파니가 말했다.

"샘! 얘가 우릴 놀리는 거야."

티파니는 다리오의 셔츠를 잡고 소파 쪽으로 데려갔다.

"자,"

티파니가 앉으면서 말했다.

"이제 너에 대해 전부 말해 봐."

"나에 대해? 뭘 알고 싶은데?"

"뭘 하고, 무슨 공부를 하고, 어떤 일을 하는지 그런 거…."

"티파니."

샘이 끼어들었다. 머리로 앤디를 가리켰다.

"저 아이를 돌보는 일을 하겠지."

"아!"

티파니가 말했다.

"미안…."

"맞아."

다리오가 말했다.

"앤디가 나를 돌봐 주고 있어. 씻기고 옷도 입혀 주고 뭐 그런 거 말야."

다리오는 앤디 쪽으로 몸을 숙였다.

"이렇게 말야, 앤디…. 나 목말라."

앤디가 손으로 콜라를 들어 올렸다. 다리오는 몸을 숙이고 빨대로 콜라 한 모금을 마신 다음 몸을 일으켰다.

"와!"

샘이 말했다.

"대단해."

"맞지?"

다리오가 대답했다.

"다음 주에는 서커스 공연도 할 거야."

티파니가 웃음을 터트렸다.

"뭐야, 샘, 모르겠어? 또 우릴 놀리고 있잖아."

샘이 웃었다.

"안 믿어! 난 눈치가 빠르다고!"

그들은 실내를 가득 채우고 머릿속까지 울려 퍼지는 음악을 들으며 잠시 동안 대화를 나눴다. 샘은 몸을 흔들며 리듬을 타기 시작했고 앤디도 몸을 흔들거렸다.

"멋지다."

티파니가 말했다.

"춤출래?"

"당연하지."

샘이 말했다. 그녀가 일어나서 웃으면서 앤디에게 팔을 내밀었다. 앤디가 손을 펴서 그녀의 손을 잡았다.

"넌 정말 귀여운 아이야."

앤디의 귀에 대고 샘이 말했다. 앤디가 웃었고 몸을 흔들기 시작했다. 샘은 앤디 주위를 빙빙 돌았다.

"앤디를 어지럽게 하지 마."

티파니가 말했다. 그리고 웃으면서 다리오를 보았다.

"네 친구는 똑똑한 것 같아."

"응, 맞아. 그 멍청이 같은 엘리사에게 그렇게 말 좀 해 줘."

"누군데? 앤디의 여자 친구야?"

"아니, 학교에서 앤디를 돌봐 주는 사람. 사람을 대하는 방법을 전혀 모르는 멍청이야."

"장애인을 대하는 건 쉬운 일이 아닐 거야."

"거기서 장애인이 왜 나와? 엘리사는 사람들과 어울릴 줄 몰라. 잘 지내는 사람이 아무도 없다니까. 장애인이면 뭐가 달라? 앤디가 우리와 다른 점은 딱 하나야. 앤디는 그 애를 쫓아 버리지 않는다는 거지."

티파니가 웃었다.

"너 정말 제법인걸?"

티파니는 손가락으로 그의 입술을 만졌다.

"난 사람들과 친하게 지내는 법을 알아."

다리오에게 가까이 다가가 말했다.

"난 엘리사 같지 않다고."

"미안한데,"

샘이 말했다.

"앤디가 화장실에 가고 싶은가 봐."

"샘…."

티파니가 투덜거렸다.

"오줌 마려운가 봐. 화장실에 데려가야 할 것 같아."

앤디가 웃으며 고개를 돌렸다.

"…화장실."

화장실이라기보다 연병장 같았다. 온통 녹색과 흰색 타일로 덮여 있었고 사방에는 거울이 걸려 있었다. 수도꼭지는 금색이고 한가운데에는 타임머신의 문처럼 생긴 샤워 부스가 있었다. 다리오는 앤디를 세면대에 올려놓으면서 둘 다 이틀째 씻지 못한 것을 떠올렸다.

다리오는 자기가 입고 있는 셔츠의 냄새를 맡았다. 그걸 본 앤디가 입을 다문 채 킬킬 웃으면서 신음 소리를 냈다.

"뭐야, 너한텐 향기라도 나는 줄 아나 봐?"

다리오는 앤디를 다시 휠체어에 앉히고 거울 앞으로 데려갔다.

"얼마 만에 씻는 거지? 이 머리 좀 봐. 바퀴 달린 화분 속 선인장 같아."

앤디가 웃었다. 휠체어를 흔들었다.

"…너도."

입을 쭉 내밀며 말했다.

"그래, 맞아, 나도."

다리오가 한 손으로 그의 어깨를 툭 쳤다.

"이제 뭘 해야 할지 알지?"

휠체어를 밀고 가서 샤워 부스 앞에서 멈추었다.

"풀 서비스."

"…어비스."

다리오는 욕실 문을 닫은 다음 옷을 벗어서 바닥에 놓았다. 앤디는 웃음을 터트렸다.

"다리오…"

그가 골골 소리를 내며 말했다.

"…알몸."

"그래서 뭐?"

다리오가 물었다.

"벌거벗은 사람 처음 봐?"

다리오는 앤디에게 다가갔다.

"앤디? 벌거벗은 앤디는 어때?"

"…알몸."

앤디가 휠체어에 앉아 들썩거리며 말했다.

"알몸 앤디…"

다리오는 그의 셔츠와 신발, 바지를 벗겼고, 그 와중에 앤디는 웃으면서 같은 말만 반복했다.

"알몸, 알몸, 알몸…!"

다리오는 샤워 부스의 문을 열고 휠체어를 기울여서 안으로 밀어 넣었다.

"안 돼, 안 돼…"

앤디가 말했다.

"왜 그래?"

"물, 휠체어, 안 돼…."

"아…, 그렇지. 말해 줘서 고마워."

다리오는 뒤로 물러나서 앤디가 앉아 있을 만한 것을 찾아 주위를 둘러보았다. 아무것도 없었다.

"이런, 내가 잡고 있어야겠구나."

앤디의 옆구리를 잡고 일으켜 세운 다음 함께 샤워 부스에 들어갔다.

흘러내리는 물이 두 사람에게 쌓인 먼지와 피로를 씻어 냈다. 깨끗하고 시원하며 친숙한 물이었다. 앤디는 물방울을 만들면서 웃었다. 다리오는 앤디를 샤워기 아래로 데려가서 손으로 가슴과 목, 팔 등 손이 닿는 곳을 씻겨 주었다. 씻으면서 함께 웃었다.

"누군가 들어오기라도 하면,"

다리오가 말했다.

"우릴 커플이라고 오해할지 몰라!"

하지만 상관없었다. 오히려 즐겼다. 다리오와 앤디, 앤디와 다리오. 마치 「델마와 루이스」 같았다. 바로 그 전설의 영화!

'그 영화 OST를 어떻게 부르더라? You're a part of me, I'm a part of you….'

"이 노래 알아, 앤디?"

다리오가 물었다.

"유아 어 파트 오브 미, 아임 어 파트 오브 유…. 앤디, 이 노래 알아?"

물줄기를 맞으며 노래를 시작했다. 앤디는 웃으면서 다리오에게 기대어 고개를 이리저리 움직였고, 목청껏 노래를 불렀다

"파토뷰, 파토뷰…."

그때 누군가 문을 두드렸다.

"사람 있어요!"

다리오가 소리쳤다.

"…이떠요!"

앤디가 소리쳤다. 노크 소리가 계속 들렸다. 다리오는 돌아서 수도꼭지를 잠갔다.

"물…."

앤디가 투덜거렸다.

"이제 그만 나가자. 이만하면 충분해."

"물."

앤디가 말했다.

"더…."

"샘이 널 기다리고 있어. 네가 귀엽다잖아."

"물!"

앤디가 몸을 옆으로 밀면서 말했다. 다리오는 중심을 잃었다. 미끄러지면서 무사히 앤디를 잡았지만 샤워 부스 가장자리에 등을 찧었다.

"아, 젠장…, 앤디!"

다리오가 소리쳤다. 다시 일어나서 앤디의 겨드랑이를 감싸 잡았다. 등이 끊어질 듯이 아팠다.

"이봐, 괜찮아?"

밖에서 목소리가 들렸다.

다리오는 휠체어에 앤디를 앉힌 다음, 앤디의 옷을 먼저 입힌 뒤, 자신도 옷을 입었다.

"대체, 뭘 한 거야?"

문을 열자 한 남자가 말했다.

"무슨 상관이야?"

다리오가 대답했다. 물이 뚝뚝 떨어지는 젖은 몸으로 다시 응접실로 돌아갔다. 엉치뼈가 심하게 지끈거렸다.

"물, 물…."

앤디가 되풀이했다.

"다리오!"

티파니가 소리쳤다.

"대체 어디 갔었어? 온몸이 다 젖었네."

"샤워했어. 왜, 그러면 안 돼?"

"아니야, 괜찮아."

티파니가 다리오를 쳐다보며 눈에 붙은 젖은 머리카락을 떼어주었다.

"미리 말했으면 같이 했을 텐데."

그들은 소파로 돌아갔다. 다리오는 등을 기대고 앉았다.

"다쳤어?"

"신경 쓰지 마…"

"물!"

앤디가 소리쳤다.

"좀 조용히 해, 허리가 부러지는 줄 알았어."

앤디가 웃었다.

"나 정말 화났어. 진짜 큰일 날 뻔했어."

"그만해."

샘이 말했다.

"죽진 않았잖아."

"목뼈가 부러지는 줄 알았다고."

"…옥."

앤디가 따라 했다.

"그만해!"

앤디는 입을 다물었다. 눈썹을 찌푸렸다.

"그러지 말고 착하게 대해, 가엾잖아."

"가엾기는. 난 죽을 뻔했다고."

"내 친구 중에 가슴 한쪽이 터진 애가 있었어."

샘이 말했다.

"한쪽 가슴 말이야, 상상이 돼?"

"가슴이 어떻게 터져?"

티파니가 물었다.

"가짜였거든. 확대 수술한 거야, 보형물 넣고. 이해됐어? 비행기를 탔는데, '펑!' 어떻게 된 건지 알겠지, 압력을 받아서 터져 버린 거야."

"세상에, 징그러워, 나라면 기절했을 거야."

"…물!"

앤디가 말했다.

"그만 좀 해, 앤디."

"얼음찜질할래? 내가 마사지해 줄게. 마사지 잘 하거든."

앤디가 웃었다.

"물! 물! 물! 물!"

같은 말을 반복하기 시작했다. 팔을 뻗어서 다리오의 소매를 잡왔다.

"물! 물! 물!"

다리오는 순간 흥분해서 휠체어를 발로 걷어찼다. 그러자 휠체어가 기둥 쪽으로 굴러갔고 앤디는 바닥에 고꾸라질 뻔했다. 티파니의 입이 떡 벌어졌다.

다리오는 일어나 앤디에게 가서 몸을 숙였다.

"뭘 기대했어?"

그가 말했다.

"휠체어를 탄다고 원하는 건 다 할 수 있을 줄 알았어?"

앤디는 대답하지 않았다. 움직이지 않고 부루퉁하게 다리오를 쳐다보았다.

"그런데 있잖아, 사실은 너만 그렇게 사는 게 아니야. 실은 나도 휠체어를 못 벗어나고 있어. 9년째. 아무도 눈치 못 챘겠지만."

다리오는 몸을 숙여서 앤디의 귀에 입을 가져갔다.

"누워서 며칠을 일어나지 못했다면 믿을래? 움직일 수도 숨을 쉴 수도 없었단걸? 어서 하루가 지나가길 바랐고, 내가 할 수 있는 일은 그나마 내일은 나아지겠지 하는 생각뿐이었어."

다리오는 상체를 일으켜 위에서 앤디를 내려다보았다. 눈물과 분노로 가득 찬 거대한 바위가 가슴을 짓누르는 것만 같았다.

"그런데 친구야, 너와 나의 차이점은, 넌 널 도와줄 사람이 있지만 난 없다는 거야."

다리오는 소파로 돌아가 티파니의 손을 잡고 함께 자리를 떠났다. 앤디는 어두워진 얼굴빛을 하고 고개를 푹 숙인 채 움직이지 않았다. 눈이 촉촉해지는 걸 느꼈다.

"있잖아."

샘이 말했다.

"잊어버려."

앤디는 대답하지 않았다. 샘이 다가갔다.

"상처받았니?"

"…쁜 새끼."

앤디가 말했다.

"뭐라고?"

"…다리오, 쁜 새끼."

샘이 웃음을 터트렸다.

"어머나! 그게 무슨 뜻인지 알고 하는 말이야?"

샘은 손으로 앤디의 입을 막았다.

"근데 네 말이 맞아. 좀 재수 없긴 해."

샘은 일어나서 앤디를 보며 웃었다.

"콜라 마실래? 내가 사 줄까?"

샘이 그에게 손을 뻗었다. 앤디가 샘을 쳐다보았다. 샘의 얼굴이

도자기처럼 희고 둥글었다.

"콜라 마실래 말래?"

그녀가 웃었다.

"그러면 콜라는 네가 사."

앤디가 웃으며 손가락을 그녀에게 뻗었다. 샘은 휠체어를 밀고
바가 있는 곳으로 향했다.

25

"뭐라고? 안 들려!"

티파니의 목소리가 시끄러운 음악 소리를 뚫고 나오려고 안간힘을 썼다. 그 방 안에는 50~60명 정도의 사람들이 있었다. 수많은 사람들에게 둘러싸여서 어떻게 춤을 춘단 말이지? 게다가 다리오는 춤추고 싶은 마음도 없었다.

"앤디가 안 보여!"

다리오는 문득 소파 쪽을 바라보면서 말했다.

"뭐라고?"

"앤디가 안 보인다고!"

티파니의 귀에 입을 가까이 대고 다시 말했다.

"그게 어쨌다고? 방금 둘이 싸웠잖아. 잊어버리고 즐겨. 파티잖아. 어딘가에서 놀고 있을 거야!"

"뭐라고?"

"재밌게 놀고 있을 거야! 너도 즐겨!"

그녀는 팔을 들고 무릎을 굽혔다가 다리오에게 몸을 비비면서 리듬에 맞춰 다시 일어났다.

"어디 갔지?"

"그만 좀 해! 나한테 집중해 줄래?"

"어쩌라고?"

"뭐긴 뭐야? 내가 옆에 있잖아."

티파니가 촉촉한 새하얀 이를 드러내고 웃었다.

"이런, 내가 망쳤어."

그가 머리를 감싸 쥐며 잠시 생각하더니 말했다.

"가자!"

"왜? 뭐 하려고? 춤추기 싫어?"

"내키지 않아. 여기서 나가자."

그러자 티파니가 갑자기 손으로 다리오의 얼굴을 감싸고 입술에 키스를 했다. 다리오가 그녀를 멀뚱멀뚱 쳐다보며 생각했다.

'안 돼, 이러지 마. 좋을 게 없어. 난 너에게 어울리지 않아. 난 썩은 사과야. 모두가 그렇게 생각해. 학교 사람들 전부 다 다리오는

정신 나간 썩은 사과라고 그래. 정신 나간 썩은 사과와 가까이 지내지 마.'

티파니는 손으로 다리오의 뺨을 만지며 말했다.

"있잖아, 네가 이상한 아이라 해도 난 상관없어!"

그러더니 쿵쿵 울려 대는 음악 소리에 맞서 소리를 질렀다.

"나도 이상하거든!"

티파니는 다리오에게 또 키스를 했다. 부드럽고 촉촉한 확신에 찬 키스였다.

"이제 뭐 좀 마시러 가자!"

그들은 무대를 벗어나 거실을 지나갔다.

"저기 있네!"

티파니가 현관을 가리키며 말했다.

"누구?"

"앤디 말이야, 저기 안 보여? 이제 마음이 놓여?"

커다란 창문 너머로 정원과 수영장이 보였다. 수영장을 가득 메운 사람들은 쇼를 보듯이 환호했다. 몇몇 아이들이 앤디를 흰색 수영장 의자에 앉혀서 어깨 위로 들어 나르고 있었다. 행렬을 뒤따르는 작은 등불과 복사들만 없었을 뿐 꼭 예수부활축제 같았다.

"대체 뭐 하는 거야?"

"그게 뭐가 중요해? 재밌게 놀고 있는데. 앤디도 즐거워하잖아?"

아이들이 앤디를 얕은 물에 내려놓았고, 앤디는 웃으면서 몸을 앞뒤로 흔들었다. 샘이 그의 셔츠와 바지를 벗기자, 환희에 찬 신도들 앞에서 왕좌에 오르는 속옷만 입은 작은 신이 나타났다. 앤디는 노래를 불렀다.

"파토뷰, 파토뷰…"

앤디가 노래를 부르자 사람들이 웃음을 터트렸다. 뭐라고 하는지 한 마디도 알아들을 수 없었다. 신의 언어는 아무나 알아들을 수 있는 게 아니니까.

"이런 젠장…"

다리오가 웃으며 말했다.

"결국 그렇게 원하던 물을 얻었네."

"자, 가 보자, 어서!"

티파니가 말했다. 다리오의 셔츠를 잡아당겼다.

"그거 알아? 네 친구가 더 화끈한 것 같아. 쟤랑 노는 게 더 재밌겠어."

그러자 다리오가 티파니를 쳐다보았다.

"농담이야."

그녀가 웃으며 말했다.

"서둘러. 정말로 삥 차 버리기 전에."

26

다리오가 탁자에 부딪쳤다. 눈을 감은 채로 눈동자를 옆으로 움직였다. 등 뒤의 베개가 혹처럼 느껴졌다.

돌 위의 달팽이는 최대한 빨리 지나가려고 안간힘을 썼다. 하지만 달팽이는 어쩔 수 없는 달팽이였다. 얼마나 대단한 걸 할 수 있을까? 빨리 가려고 애쓰는 아이 같았다. 그래 봤자 별 수 없는 아이인데. 더 빨리 돌아가는 세상을 따라잡기엔 역부족이다. 어린 다리오는 길가에서 맨다리로 무릎을 꿇고 달팽이를 관찰하고 있었다. 과학 수사를 하듯이 달팽이를 유심히 보면서 작고 느린 움직임을 관찰했다. 그 움직임 속에서 흥분된 몸부림이 느껴졌다.

"다리오!"

집에서 엄마가 불렀다.

다리오는 전혀 아랑곳하지 않았다. 지금은 내기 중이라 대답할 수 없었다. 달팽이가 꼭 살아서 길 가장자리에 도달할 거라고 장담했다. 달팽이로 사는 기분은 어떨까? 아이로 사는 기분은 어떻고? 달팽이보다 아이로 사는 것이 더 고달프다. 길을 건너는 것보다 어른이 되는 것이 훨씬 힘들다. 그래서 다리오는 달팽이의 등에 소금을 뿌렸다. 등에 거품이 나면서 타들어 갔다. 주어진 조건의 차이를 줄이려고 한 짓이다. 이제 달팽이와 아이가 동등한 위치에 놓였다. 둘 다 느리고 연약하며 위험에 노출되어 있다. 그들은 결코 도달할 수 없을 것만 같은 목표를 향해 나아간다.

"다리오!"

엄마가 또다시 불렀다.

달팽이는 왜 서두르지 않는 걸까? 6센티, 겨우 6센티 남았을 뿐인데. 달팽이의 등 위에서 소금이 짙은 회색의 거품을 일으켰고 살을 파고들며 부글부글 끓어올랐다.

"어서 움직여, 길 한가운데서 죽고 싶은 거야?"

끝까지 가지 않고 여기서 멈추면 의미가 없다. 도착하기도 전에 죽으면 아무 소용없을 터였다.

하지만 달팽이는 그의 말을 듣지 않았다. 그리고 아스팔트에 붙은 씹다 버린 껌처럼 중간에 그대로 멈춰 섰다.

다리오는 일어서서 발끝으로 달팽이를 툭 쳤다. 달팽이는 움직이지 않았고, 뜨겁게 달아오른 돌에 붙어 녹아내린 치즈 덩어리 같았다.

"멍청이."

다리오는 작은 소리로 말했다.

"6센티만 더 가면 어른이 될 수 있었는데."

"다리오! 어서 들어와!"

누군가가 다리오를 불렀다. 다리오는 돌아눕다 또다시 탁자에 부딪쳤다. 그제야 정신이 들었다.

"티파니…"

그가 말했다. 팔을 뻗어서 주변을 더듬거렸다.

"티파니?"

티파니는 대답하지 않았다. 어두웠다. 방에는 한 줄기 빛도 들어오지 않았다. 음악, 위층으로 가는 계단, 닫혀 있는 문. 다리오는 전날 밤 일을 전부 기억했다. 티파니의 상큼하고 은은한 향기까지도.

복도에서 웃음소리가 들렸다. 다리오는 몸을 일으켰다. 벽에 기댔다. 머리가 어지러웠다.

'머리가 왜 이렇게 어지럽지? 마리화나를 피우지도 않았는데…'

그는 방을 가로질러 가서 문을 열었다. 그때 등 뒤에서 목소리가 들렸다.

"조심해!"

웃통을 벗은 아이가 옆을 휙 지나갔다. 그가 들고 있던 목걸이 몇 개가 바닥에 떨어졌다. 그는 멈춰서 목걸이를 주웠다. 그리고 한숨을 내쉬며 말했다.

"좀, 도와줘."

다리오는 몸을 숙여서 색색깔의 진주 목걸이 하나를 주웠다. 하지만 그 아이는 이미 일어나서 복도를 저만치 뛰어가고 있었다.

"야, 목걸이 가지고 따라와!"

그 아이는 모퉁이를 돌면서 외쳤다. 다리오는 눈을 비비고 복도를 따라가 계단에 쌓인 컵과 병을 이리저리 피해 아래층으로 내려갔다.

거실 안쪽에서 음악 소리가 들렸다. 아이들이 빙 둘러 모여 있었다. 몇몇 아이들은 꺽꺽 소리를 내고 웃으며 잔을 들어 올렸다. 다리오는 다가가서 힐끗 보았다.

"잘했어."

빨간 머리 아이가 다리오에게 말했다.

"이리 줘."

그는 목걸이를 건네받고 무릎을 꿇고 앉았다.

목걸이를 잔뜩 든 그 아이 앞에 앤디가 있었다. 셔츠도 바지도 입지 않고 휠체어에 앉아 있었다. 앤디는 어깨에 파란색 솔을 두르고 있었다. 눈에는 아이섀도가, 입술에는 짙은 보라색 립스틱이 칠해져 있었다.

"이제 완벽해!"

빨간 머리 아이가 말했다.

"마돈나 같아!"

그가 일어나서 웃으며 손뼉을 쳤다. 빨간 머리 아이는 고개를 돌리다가 다리오의 성난 눈을 보았다.

"왜 그래?"

빨간 머리 아이가 다리오에게 물었다. 다리오는 그의 말을 무시하고 앤디를 쳐다보았다.

"앤디…"

다리오가 말하자 앤디는 몸을 흔들면서 입을 벌렸다.

"왜 그러냐고 묻잖아?"

빨간 머리 아이가 따지듯 물었다. 다리오는 그 아이를 지나쳐 앤디 앞에 가서 무릎을 꿇었다.

"얘들이 대체 무슨 짓을 한 거야?"

다리오가 앤디에게 물었다.

"여자처럼 화장을 하다니. 너 여자야?"

엄지로 립스틱을 쓱 닦아 냈다.

"아니…"

앤디가 말했다.

"앤디, 여자 아니야…"

"당연히 아니지, 넌 여자가 아니야."

다리오는 앤디의 셔츠와 바지를 챙겼고 목걸이를 비롯해 앤디가 걸치고 있던 것을 전부 바닥에 던져 버리고 휠체어를 돌렸다.

"이봐!"

빨간 머리 아이가 시비를 걸었다.

"내가 물었잖아. 안 들려?"

"아니, 대답할 가치가 없었을 뿐이야."

다리오가 대답했다.

"쳇, 이 바보는 못 데려가."

"누굴 말하는 거야?"

"그 바보 말이야. 제자리로 데려다 놔."

다리오가 주먹을 불끈 쥐었다.

"아이고, 무서워라."

빨간 머리 아이가 빈정거리며 말했다.

"어디 보자, 어쩔 건데?"

말이 끝나기가 무섭게 다리오는 그 아이의 얼굴에 주먹을 힘껏 날렸다.

'퍽!'

금 가는 소리가 들렸고, 피가 줄줄 흘렀다. 그 아이는 손으로 코를 잡고 소리를 지르며 바닥에 쓰러졌다. 다른 아이들은 뒷걸음질 쳤다.

"야, 진정해…"

누군가 말했다.

"왜 그래? 장난이었어!"

또 다른 누군가가 말했다.

다리오는 거실을 지나 발로 현관문을 거세게 걷어차고 밖으로 나갔다. 티파니가 야외 정원에 있었다. 벽에 기댄 채 샘과 대화를 하고 있었다.

"다리오!"

다리오를 본 그녀가 소리쳤다.

"어디 가? 다리오, 기다려 봐!"

티파니는 그의 뒤를 따라갔다.

"왜 그래? 무슨 일이야?"

"네 친구들에게 물어봐. 쟤한테 물어보면 되겠네."

다리오는 샘을 가리키며 말했다. 샘의 눈이 휘둥그레졌다.

"나? 내가 뭘 어쨌는데?"

"네가 정신 나간 애들한테 앤디를 넘겨줬잖아."

샘이 티파니를 보며 어리둥절해했다.

"왜, 걔들이 무슨 짓을 했는데?"

샘이 물었다.

"진짜 마약 한 애들이라고."

"맙소사, 다리오."

샘이 말했다.

"미안해, 생각지도 못했어. 정말 상상도 못한 일이야."

"다음에 장애인을 혼자 둘 때는 생각이란 걸 좀 했으면 좋겠다."

"뭐라고? 그런데 잠깐만, 앤디를 혼자 둔 건 너 아니었어?"

샘이 말했다.

"네가 앤디를 내게 버려두고 갔잖아. 그 책임은 내가 아니라 너한테 있는 거야."

다리오는 대답하지 않았지만 샘의 말이 맞았다. 젠장, 샘의 말이 옳았다.

아이들이 우르르 나왔다. 얼굴과 셔츠가 피범벅이 된 빨간 머리 아이는 친구들에게 부축을 받고 있었다.

"전부 다 꺼져!"

다리오가 말하더니 돌아서 대문으로 향했다. 대문을 나서자 숨통이 트이는 것 같았다. 휠체어의 시동을 걸고 바로 아랫동네로 이어진 길을 따라 갔다. 등 뒤에서 병이 날아왔다.

27

다리오는 가던 길을 멈추었다. 태양이 평원 위로 솟아오르고 있었다. 두근거리는 심장을 진정시켜야 했다. 달리기를 하고 난 직후 같았다. 가슴에 뭔가 느껴졌다. 뭔가가 배와 목 사이에서 자리를 차지하고 숨을 못 쉬게 했다. 가슴뼈에 주먹 하나가 박힌 듯이.

다리오는 휠체어를 세우고 시동을 껐다.

'무슨 일이야?'

앤디가 물었다.

"별일 아니야, 잠시만⋯."

'어디 아파?'

"아니⋯; 잠깐만 누워 있을게."

다리오는 바닥에 드러누웠다. 그리고 입을 열었다.

"이제 괜찮아질 거야."

하지만 가슴을 짓누르는 느낌이 사라지지 않았다. 다리오가 숨을 들이마시자 뜨거운 공기가 목구멍으로 들어왔지만, 오도 가도 못하고 한곳에 머물러 있었다.

기침이 나왔다. 고개를 들고 눈을 감은 채 입을 벌렸다. 두 팔을 벌리고 잔디에 누웠다. 끝이 보이지 않는 드넓은 하늘은 고요하기 그지없었다. 어째서 다리오는 그 광활한 하늘색 탱크 속 공기를 단 한 방울도 들이마시지 못하는 걸까? 하느님인지 하늘의 왕인지, 아니면 이 지역 수호신인지, 누군가 수도꼭지를 걸어 잠근 것 같았다.

앤디는 떠오르는 태양을 바라보고 있었다. 그의 시선은 언제나처럼 먼 곳을 향해 있었다. 도로, 언덕, 숲, 평야. 이 모든 것이 평소와 같이 가만히 멈춰 있었다. 휠체어에 앉아 있는 앤디도 마찬가지였다. 애초에 그렇게 태어난 것 같았다. 태양을 향하고 있는 스핑크스 같았다. 깊은 눈으로 세상을 바라보고 그 깊은 눈으로 세상을 바꾸는 존재 말이다.

지독한 적막이 감도는 가운데 서서히 공기가 돌아왔다. 앤디가 웃으며 말했다.

'이제 괜찮아?'

다리오는 앤디를 보았다.

'이제 숨이 쉬어져?'

'응, 조금 나아.'

'그럴 줄 알았어.'

'네가 한 거야?'

'뭐를?'

'공기를 불어넣어 준 거 말야.'

'무슨 말도 안 되는 소리야? 내가 뭘 어떻게 해?'

'모르긴 몰라도 넌 반신반인인 것 같아.'

앤디가 웃었다.

'무슨 소릴 하는 거야, 난 휠체어를 타는 사람일 뿐이야.'

다리오가 몸을 일으켰다. 무릎을 꿇고 앉아서 숨을 들이마셨다. 눈을 감고 있는 앤디를 다시 바라보았다. 다리오는 휠체어에 몸을 기댔다.

"어서, 말해 봐."

그가 말했다.

"네가 공기를 찾아 준 거잖아."

앤디는 대답하지 않았다.

다리오는 잔잔한 파란 하늘을 올려다보았다. 휠체어의 시동을 켜고 다시 길을 나섰다.

28

길을 따라 내려갈수록 수평선이 길어졌다. 어서 오라며 두 팔 벌려 그들을 반기는 듯했다. 다리오는 바다에 가려던 건 아니었지만 바다가 좋았고, 환영받는 것 같아 기분도 좋았다. 살면서 이런 환대는 처음인 것 같았다.

다리오는 어릴 적 엄마에게 안겨 본 기억이 없다. 전시회장인지 놀이공원에서 아빠에게 안겼던 기억이 전부다. 그것도 정확히 안겼다고는 할 수 없다. 그 당시 다리오는 꾸벅꾸벅 졸면서 겨우 걸어가고 있었다. 그 나이의 아이들이 그렇듯 뚝뚝 녹아내리는 아이스크림을 손에 꼭 쥐고 말이다. 아빠가 엄마에게 말했다.

"이런 세상에, 넘어지지 않게 애를 좀 잡아요."

하지만 엄마는 힘이 없어서 진공청소기 손잡이도 제대로 못 잡는 사람이다. 그런데 무슨 수로 아이를 안아 줄 수 있겠나. 아빠가 나설 수밖에 없었다.

땀에 젖은 아빠가 꼭 안아 주었던 그때를 다리오는 아직도 기억한다. 담배 냄새 밴 풀어 헤친 셔츠, 휙휙 스쳐가는 음악 소리와 색깔들, 웃고 떠들고, 때로는 고함을 지르며 지나가는 사람들 소리.

길거리 표지판에 '토레 사라체나까지 3킬로미터'라고 적혀 있었다. 3킬로미터라. 지도상으로는 얼마 되지 않는 거리이다. 하지만 지도는 실제 삶을 고려하지 않는다. 전에 어떻게 살았는지, 무엇이 우리를 갈라놓았는지 따위는 관심 없다. 3킬로미터, 다리오에게 토레 사라체나는 최소 3광년은 떨어진 곳이었다.

어느 순간 다리오는 바다 위로 떠오른 태양을 바라보았다. 뜨거운 하늘에 떠 있는 주황색 원반 같았다. 영어 책에서 본 그림이 떠올랐다. SUN이라는 영어 단어 아래 '태양'이라고 뜻이 적혀 있었다. '태양'과 '아들'의 영어 발음이 같은 걸로 봐서 옛날 사람들은 이 둘을 똑같이 여겼을 거라는 생각이 들었다. 결국 아빠에게 자식은 태양이니까. 다리오는 아빠에게 태양이 되고 싶었고 그렇게 되기를 간절히 바랐다. 하지만 뜻대로 되지 않았고 아빠는 다른 태양을 찾아 떠났다. 바로 토레 사라체나로.

늘 그렇듯이 일이 잘 풀리지 않을 때가 있다. 그 이유는 아무도 모른다. 그럴 땐 아무것도 소용없다. 어떠한 행동도 말도 소용없다. 한순간에 전부 날아가 버린다. 우리가 그렇게 결정한 건 아니다. 그건 운명이다.

하지만 지금은 다르다. 지금의 다리오는 반대이다. 그는 여행을 시작했다. 그의 결정이었다. 운명에 맞서서 스스로 선택한 일이다. 그는 토레 사라체나에 가고 있다. 잃어버린 태양을 되찾아 주러 가고 있다.

토레 사라체나까지 2킬로미터 남았다.

"잠시 쉬었다 갈래?"

앤디가 돌아보며 웃었다. 앤디는 언제나 미소를 잃지 않았다.

'왜?'

앤디가 물었다.

"말 그대로 잠깐 쉬는 거지. 우리 아직 아침도 안 먹었잖아."

앤디는 말이 없었다.

"아침 안 먹을래?"

'네가 먹고 싶으면.'

"난 배고파."

다리오는 주변을 둘러보았다.

"음식점이 보이면 거기에서 아침을 먹고 잠시 쉬었다 가자."

앤디가 골골 소리를 냈다.

"좋아?"

'네가 좋다면.'

"좋았어. 맨 처음 보이는 곳에 들어가자."

토레 사라체나까지 1킬로미터라고 쓰인 표지판을 지나자 바로 음식점 하나가 보였다.

그들은 도로를 마주 보고 있는 탁자에 앉았다. 공기는 가볍고 무척 산뜻했다. 드디어 바다에 도착했다. 목적지까지 불과 1킬로미터 남았다. 바다는 모든 것을 가볍게 만든다. 마음까지도. 그래서 바닷가에 사는 사람들이 오래 사나 보다.

"뭐 먹을래?"

다리오가 물었다. 앤디는 콜드밀[9]과 음료수, 아이스크림 사진이 있는 메뉴판을 보았다. 바리스타가 다가왔다.

"카푸치노 한 잔 주세요."

다리오가 덧붙여 말했다.

"브리오슈[10]도요."

"이 친구는 뭘 줄까?"

바리스타가 묻자 앤디가 그를 바라보았다. 메뉴판 끝으로 턱을 쭉 빼더니 입에 거품을 물고 골골 소리를 냈다.

---

9) 샌드위치처럼 데우지 않고 차게 먹는 식사
10) 작은 빵의 일종

"이거?"

바리스타가 메뉴판에 손가락을 짚으며 물었다.

"아이스크림 줄까?"

앤디는 고개를 끄덕였다. 바리스타는 다리오를 흘끗 보고 웃으며 주방으로 들어갔다.

"이제 준비됐어?"

다리오가 물었다. 방금 지나온 길을 보았다. 내리막길밖에 보이지 않았다. 그 전에 지나온 길은 내리막길에 가려 보이지 않았다. 언덕 너머에는 그들이 사흘 밤낮이라는 엄청난 시간을 들여 달려온 길이 있다.

"알아볼 수 있을지 모르겠어."

다리오는 언덕을 바라보며 중얼거렸다.

"아빠를 못 알아본다는 게 말이 안 되지?"

참새 한 마리가 의자 끝에 앉았다. 방금 들어온 손님들을 유심히 살폈고 다리오를 보며 고개를 까딱거렸다. 작았다. 너무 작아서 병아리 같기도 했다.

"너도 아빠를 찾고 있니?"

다리오가 웃으며 말했다.

작은 참새는 짹짹거렸다. 아빠를 찾는 것 같지는 않았다. 아빠가 누군지도 모를지도. 동물은 사람과 달라서 많은 것을 궁금해하지 않는다. 그래서 더 행복하게 산다고 한다. 자연은 궁금증 방지 장치를 장착한 인간을 만들어야 한다. 궁금증을 느낄라치면 바로 소변으로 분리 배출해 버리는 효소 같은 것도 좋겠다. 궁금증을 소변으로 내보낼 수 있다면 얼마나 좋을까? 궁금한 게 있니? 소변 한 방이면 사라진다.

앤디는 골골 소리를 내며 참새를 향해 손을 뻗었다. 참새는 빙빙 돌면서 그의 손가락에 앉았다.

"음식 나왔어."

직원이 쟁반을 들고 왔다. 참새는 멀리 날아갔다. 그가 쟁반을 내려놓으며 물었다.

"너희들 어디 가는 길이니?"

"토레 사라체나요."

"아, 그럼 목적지에 도착했구나. 잘 찾아왔어. 그런데 토레 사라체나에는 무슨 일로?"

"사람을 찾고 있어요."

다리오가 말했다.

"정확한 주소는 모르지만 토레 사라체나에 있다는 건 알아요."

"음, 토레 사라체나에 사는 사람이라면 거의 다 아는데. 그 사람 이름이 뭐니?"

"니코, 닉. 플로라라는 사람과 함께 지낸대요."

다리오가 웃으며 덧붙였다.

"머리가 초록색이라던데요."

"초록색 머리라…."

직원이 말했다.

"플로라라고 했니? 그래, 알겠다. 정원에 사는 사람들 말하는 거구나."

그는 다리오를 보았다.

"그런데 그 사람들은 왜 찾아?"

"음, 우리 아빠예요."

직원은 쟁반을 챙겨서 옆구리에 끼웠다.

"어쨌든, 가는 길은 어렵지 않아."

그는 길을 가리켰다.

"바다 쪽으로 내려가서, 저기 보이는 신호등에서 좌회전해. 거기에서 500미터 정도 가면 바로 나올 거야."

다리오가 웃으며 말했다.

"네, 감사합니다."

직원은 바닥에 시선을 떨어뜨린 채 자기 자리로 돌아갔다.

아빠가 있는 곳을 알게 돼 흥분한 다리오가 앤디를 향해 말했다.

"정원이라고? 아마 도시 근교의 주거지일거야. 빌라가 있고 나무가 자라고 황금 종이 달린 대문이 있는 그런 곳. 정원은 틀림없이 그런 곳일 거야. 잔디밭이 있어서 정원이라고 부르나 봐."

태양이 도로를 뜨겁게 달구었다. 아스팔트 표면에 아지랑이가 피어올랐다. 앤디는 아이스크림을 손에 꼭 쥐고 있었다. 크림과 코코아가 녹아서 시냇물처럼 손가락과 손목을 타고 흘러내렸다. 그는 몸을 웅크리고 개미핥기처럼 긴 혀를 내밀어 핥아 먹으려고 안간힘을 썼다. 그의 눈과 입가에 미소가 지어졌다. 어깨와 몸통, 골반, 심지어 누군가 깜빡하고 휠체어 위에 두고 간 듯한 다리까지 떨면서 웃었다. 핥아 먹으려다 실패하면 더 크게 웃었다.

"이제 다 먹었어?"

다리오가 물었다.

'응.'

앤디가 말했다.

'다 먹었어. 나머지는 내일 먹을래.'

29

신호등 앞에 멈춰 섰다. 도로는 텅 비었지만 그래도 멈췄다. 머리
위에 있는 크고 꽉 들어찬 빨간불을 바라보았다. 멍한 눈으로. 빨
간불은 멈춤을 뜻한다.

대문에 황금색 종이 달린 빌라들이 있는 공원으로 향하는 좌측
도로를 보았다. 엄마도 대문에 황금 종을 걸어 두었으면 좋았겠다
고 생각한다. 회색 집에 황금 종을 달면 뭔가 효과가 있을 것 같았
다. 회색을 덜 회색처럼 보이게 하는 효과 말이다. 바탕색이 회색이
면 종 하나론 별 효과가 없었을지도 모른다. 오히려 회색을 더 두드
러지게 할 수도 있다.

반대편 도로에 승합차 한 대가 교차로를 지나갔다. 차 옆구리에

황금색의 커다란 독수리 그림이 그려져 있었다. 운전자가 창밖으로 얼굴을 내밀고 호기심 어린 눈으로 락-카를 쳐다보았다. 하나로 질끈 묶은 회색 머리카락이 빨간색 두건 아래서 나풀거렸다.

앤디는 목을 쭉 빼고 눈을 크게 뜨고는 바퀴 달린 이상한 집을 보며 길게 소리를 냈다. 독수리 승합차는 전조등을 번쩍거리며 응답했고 운전자가 웃으면서 소리를 질렀다. 하지만 울부짖는 듯한 엔진 소리에 묻혀서 알아들을 수가 없었다. 승합차는 그대로 가던 길을 갔다.

빨간불이 잠시 번쩍이더니 다리오와 방금 지나간 승합차를 번갈아 한 번씩 쳐다보고는 초록색으로 바뀌었다.

다리오는 방향을 바꿔서 계속 달렸다. 축구장과 아이들 놀이터를 지나 도로 끝까지 갔다. 그러다 공터 한가운데 멈춰 서 있던 황금색 독수리 승합차를 지나쳤다. 아까 본 운전자가 손에 선베드를 들고 차에서 내리고 있었다. 다리오는 풀밭과 촘촘히 늘어선 기다란 나무를 지나 변전실 앞에 멈추었다. 노란색 경고 표지판이 있는 곳에서 도로가 끊겼다.

"진입 불가."

다리오가 말했다.

"…불가."

앤디가 따라 말했다.

"엉뚱한 곳에서 좌회전을 했나 봐. 조금 더 가면 신호등이 또 나오겠지."

다시 도로를 거슬러 갔다. 나무와 들판, 정차 구역을 지나갔다. 방금 전 그 승합차 운전자가 앉아서 담배를 피우고 있었다. 그 옆에는 맥주 한 상자가 놓여 있었다.

"저기요!"

다리오가 한 손을 들고 소리쳤다.

"정원을 찾고 있어요!"

승합차 운전자가 고개를 들었다.

"뭘 찾아?"

다리오가 길가에 멈춰 서며 다시 말했다.

"정원이요. 신호등이 나오면 이쪽으로 돌아가라고 하던데요."

운전자는 일어나서 다리오에게 다가갔다. 그는 두건에서 삐져나온 머리카락을 한쪽으로 넘겼다.

"뭐라고 했니?"

그가 몸을 앞으로 숙이며 다리오에게 물었다. 그의 눈은 두 개의 물웅덩이처럼 이상했고 휘발유 색 액체 같았다.

"아니에요, 아무것도 아니에요, 길을 잘못 들었나 봐요…"

다리오가 한 손으로 머리를 만지며 말했다.

"별일 아니에요, 어쨌든 감사해요."

"잠깐 기다려 봐."

운전자가 말했다.

"혹시 우리 아는 사이니?"

그가 코를 찡긋하면서 이마를 찌푸렸다.

"난, 어디서 본 것 같은데…. 확실해, 난 한 번 보면 기억하거든. 어디서 봤더라?"

그러고는 눈이 휘둥그레지더니 삐뚤삐뚤한 누런 치아를 드러내며 입을 떡 벌렸다.

"다리오?"

그가 말했다.

"다리오? 너니?"

다리오는 배를 한 대 얻어맞은 것 같았다. 남자가 웃음을 터트렸다.

"플로라!"

그는 뒤돌아 승합차를 보면서 외쳤다.

"플로라! 여기 누가 왔는지 좀 봐!"

그는 앞으로 다가와 다리오를 잡고 두어 번 흔들었다.

"네가 우리 다리오구나!"

그가 물었다.

"날 만나러 온 거니, 응? 아빠를 만나러 왔어?"

다리오는 그를 쳐다보고는 뒤를 돌아 한 걸음 물러났다.

"어떻게 못 알아볼 수가 있어?"

그가 말했다.

"내가 네 아빠야."

"아빠예요?"

"그래! 맞아, 세상에!"

그는 웃으며 다리오를 껴안았고 셔츠 소매로 눈을 문질렀다.

"어떻게 왔어? 응? 대단한걸. 플로라!"

그는 또다시 외치며 한 걸음 뒤로 물러나 다리오를 바라보았다.

"정말 많이 컸구나, 응? 우리 다리오, 다리오 대왕!"

"아빠, 잠시만요…"

"그냥 닉이라고 부르렴, 다들 그렇게 부른단다."

그는 앤디를 흘끔 보고 윙크를 했다.

"그런데 이 아이는? 누구니? 네 여자 친구니?"

두건에서 흘러내린 머리카락을 뒤로 넘기며 웃었다.

"아빠…"

"아빠 말고, 닉. 아빠라는 말은 부담스럽구나. 알겠니? 닉이라고
불러 주면 좋겠어."

다리오는 눈을 찡그렸다. 머리가 어지러웠다.

"자, 이리 와, 들어오렴. 플로라를 소개해 줄게. 플로라!"

그는 다시 한 번 소리쳤다.

"대체 어딨는 거야?"

30

승합차 안 공기는 탁하고 단내가 났다. 향 연기가 가볍게 소용돌이치며 위로 올라가 천장에 부딪히더니 다시 벽을 타고 내려왔다. 앤디는 그 소용돌이를 잡으려 입을 벌리고 고개를 양옆으로 흔들었다. 작은 선풍기가 돌면서 덮개 창살에 묶인 리본이 앤디의 얼굴 위로 나풀거렸다.

닉은 손잡이가 너덜너덜해진 버드나무 의자에 앉아서 한 손에는 맥주 캔을, 입에는 담배를 물고 웃었다.

"이런 세상에!"

그는 계속 이렇게 말했다.

"어떻게 여기까지 올 생각을 했어? 나야 반갑지만! 못 믿겠지만 정말 기쁘단다. 플로라, 내 아들이 벌써 이렇게 컸어."

그러고는 누런 치아를 드러내며 웃었다. 이번에는 초록색 머리의 플로라가 웃었다. 그녀의 눈빛은 초점 없이 멍했다. 이들과 어울려야 할지 마리화나 세상에 있어야 할지 고민하는 눈치였다.

"엄마는? 엄마는 어떻게 지내? 얼마나 됐지? 한 4, 5년 지났나?"

"9년이요."

다리오가 다시 한 번 말했다.

"9년이요."

"9년이나 됐어?"

그가 웃었다.

"벌써 그렇게 됐다고? 그래서? 엄마는 잘 지내?"

'아니요, 아빠, 뭘 얼마나 잘 지내길 바라는 거예요?'

다리오는 생각 속에서 되물었다. 하지만 이렇게 말했다.

"그냥. 그럭저럭 잘 지내요."

"그렇구나, 다행이구나."

닉이 말했다. 그는 몸을 숙이고 고개를 끄덕였다.

"그건 그렇고. 플로라 어떠니? 미인이지?"

플로라가 웃으며 쳐다보고는 팔을 벌렸다. 그러고는 투명 베개를 두 팔로 끌어안듯이 두 팔을 모았다. 그녀는 마리화나 세상에 있었다.

"그렇지? 응? 대단한 미인이야, 엽서에도 썼잖니? 내가 보낸 엽서 받았지?"

다리오는 닉을 쳐다보고 고개를 끄덕였다.

"그런데 네 친구는?"

"앤디예요."

"그래, 무슨 일로 같이 다니는 거니?"

"별거 아니에요. 함께 여행 중이에요."

"뭐 그런 시설에 있어야 하는 거 아니니? 있잖니, 그런…, 뭐더라? 이런 아이들을 돌봐 주는 곳을 뭐라고 하더라?"

"앤디요, 아빠, 얘는 앤디예요."

"그게 아니라, 내가 하려던 말은…"

"무슨 말인지 알아요."

앤디가 웅얼거리며 고개를 저었다. 다리오가 앤디를 쳐다보았다.

'이 사람이 네 아빠야?'

'그런 것 같아.'

'이제 알겠어.'

앤디의 말에 다리오가 웃었다.

'너, 눈치챘구나.'

그때 닉이 둘을 번갈아 보며 말했다.

"말을 알아듣니? 다리오, 넌 얘가 하는 말을 알아들어?"

"당연하죠. 애 말이, 아빠는 멍청이래요."

그러자 앤디가 웃음을 터트렸다.

"그 애 말이 맞아."

닉이 미소를 지으며 말했다.

"맞아, 난 정말 멍청이야. 그나저나 넌 대단하구나, 앤디와 같은 아이를 보살피다니 정말 대단해."

다리오가 닉을 보며 말했다.

"그렇게 어렵지 않아요, 아빠."

그리고는 시선을 떨구며 중얼거렸다.

"아들 키우는 것과 비슷하겠죠."

닉은 할 말이 없었다. 담배를 빨아들이며 승합차 안쪽에 있는 플로라를 보았다. 닉은 또다시 웃으며 한 손으로 다리를 철썩 때렸다.

"맞지, 내가 그랬지? 내 아들은 대단한 아이라고 말했잖아. 얘가 바로 다리오야. 다리오 대왕이라고."

닉은 플로라를 향해 말하더니 팔을 뻗어 다리오를 안으려 했다.

"아빠…"

"왜 그러니? 이젠 내 아들도 안아 볼 수 없니?"

"덥잖아요…"

닉이 헛기침을 하면서 뒤로 물러났다.

"자 그럼, 얘기 좀 해 봐. 뭘 하며 지냈니? 어떻게 살았어? 여자 친구는 있고? 예쁘니? 플로라만큼?"

그는 윙크를 하며 이어서 말했다.

"결혼하고 싶을 정도로?"

"아니요, 결혼은 무슨 결혼이에요? 전 이제 겨우 열여섯 살인걸요!"

"나이가 무슨 상관이야? 할머니는 열다섯 살에 결혼하셨어, 몰랐니? 결혼하는 데 정해진 나이가 어디 있다고."

"아니요, 여자 친구 없어요."

"이런, 아쉽구나. 난 플로라와 너무 잘 맞아서 가끔 결혼하고 싶은 생각이 들거든."

다리오가 씁쓸하게 웃었다. 진흙에 빠진 물고기 같은 닉의 불투명한 회색 눈동자를 쳐다보았다.

"엄마와 결혼했었잖아요."

다리오가 말했다.

"그래…, 그렇지. 지금도 그렇고. 법적으로는."

닉은 코를 찡긋거렸다. 그는 맥주 한 모금을 마신 뒤 쓰레기통을 향해 빈 캔을 던졌다. 캔은 탁자에 맞고 싱크대에 떨어졌다.

"네 말이 맞아, 결혼이라면 질색이야. 난 결혼과는 맞지 않아. 플로라도 마찬가지고. 우린 그렇게 잘 맞지도 않아. 그렇지 플로라?"

닉은 자리에서 일어나 플로라에게 갔다. 양손으로 그녀의 얼굴을 감싸고 입술에 키스를 했다. 담배와 맥주 냄새를 풀풀 풍기며 거친 키스가 오랫동안 이어졌다.

"자, 이리 와."

그가 두 팔을 벌렸다.

"어서, 안아 보자."

다리오는 현기증이 났다. 더위와 마리화나 연기, 향냄새 때문에 식은땀이 나고 속이 뒤틀리는 느낌이 들었다.

"죄송해요."

다리오가 말했다.

"잠시 나갔다 올게요. 잠시만요."

그는 자리에서 일어났다.

"그래그래, 신경 쓰지 말고, 바람 좀 쐬렴."

닉이 말했다. 그러고는 다시 플로라에게 키스를 했다.

다리오는 태양이 뜨겁게 내리쬐는 밖으로 나갔다. 세 걸음 걸어가서는 무릎을 꿇고 그 자리에 털썩 주저앉았다. 나무에 몸을 기댔다. 몸에 알레르기가 돋는 것 같았다. 그 순간 한 가지 생각에 사로잡혔다.

'이곳을 떠나야 한다. 여기서 멀리 도망쳐야 한다.'

하지만 그건 벌써 시도해 본 것이다. 그렇게 해서 도착한 곳이 바로 이곳이었다. 빌라도 없고 황금 종이 달린 대문도 없는 곳. 그곳

엔 심지어 아빠도 없었다. 집을 가장한 승합차 한 대만 덩그러니
있을 뿐이었다.

그리고 사방에 숨 막히는 빛을 내뿜는 잔인한 태양이 있었다.

31

플로라는 탁자 위에 캔버스 가방을 올려놓았다. 머리끈을 풀어 올려 묶었던 초록 머리를 폭포수같이 풀어 헤쳤다.

"잘했어, 내 사랑."

닉이 의자에서 일어나며 말했다.

다리오는 폴로[11] 채를 내려놓지 않고 만지작거리는 앤디 옆에 가만히 앉아 있었다. 사실 폴로 채가 아니라 끝부분에 포장용 리본을 감아 놓은 막대기였다.

그들은 오후 내내 공터에서 급히 만든 막대기로 플라스틱 공을

---

11) 말을 탄 채 막대기로 나무 공을 쳐서 골에 넣는 경기

치며 놀았다. 다리오와 앤디는 락-카를 타고 닉은 바퀴 달린 낡은 의자를 타고 경기를 했다. 장애인 대 정원 사람, 22 대 19. 장애인들이 정원 사람들의 홈구장에서 탁월한 전략과 적응력으로 승리를 거두었다.

경기가 끝나고 선수들은 로커 룸에 공과 채를 두고 나왔다. 채를 꼭 쥐고 있던 앤디만 빼고 말이다. 앤디는 채를 돌려줄 마음이 없는 것 같았다.

"내 사랑."

닉이 일어나서 플로라에게 걸어가며 말했다. 그리고 가방 안의 내용물을 탁자 위에 꺼내 놓았다.

"야생 아티초크야."

그가 말했다.

"여기선 흔한 거야. 사방에 널렸지. 가시와 억센 잎을 떼어 내고 먹으면 돼."

그는 아티초크를 한데 모아서 소쿠리에 넣고 물에 담갔다.

"10분이면 돼. 기다리는 동안 탁자를 밖으로 옮겨 줘."

그들은 공터에 탁자를 놓고 의자를 빙 둘러놓은 다음 발전기에 전기 램프를 연결했다. 하늘이 어둑어둑해지기 시작했다. 가라앉는 태양 아래로 푸른 수정 빛을 띠는 수평선이 길게 펼쳐져 있었다.

닉이 차에서 그릇 하나를 가지고 나와 탁자에 올려놓았다. 다리 오는 몸을 숙이고 그릇을 향해 손을 뻗었다.

"잠깐."

닉이 말하자마자 플로라가 일어서서 팔을 벌리고 고개를 뒤로 젖혔다.

"감사합니다, 대지여!"

그녀는 큰 소리로 말했다. 목소리가 어색할 정도로 컸다.

"귀중한 선물을 주셔서 감사합니다."

우주에게 제물로 바치기라도 하는 듯 몸을 아치형으로 만들었다.

"열매를 주셔서 감사합니다. 씨앗을 주셔서 감사합니다."

"…씨앗."

앤디가 따라 말했다. 그녀는 팔을 벌린 채 자리에 앉아서 모두에게 미소를 지었다.

"멋지지 않아?"

닉이 흥분해서 소리쳤다.

"다리오, 우리 플로라 정말 멋지지? 플로라는 나무 여자야. 직접 보여 주려고 말하지 않았어."

그는 고개를 끄덕이고 눈썹을 치켜올렸다.

"생각도 못했지? 솔직히 말해 봐!"

다리오는 아무 말도 하지 않았다. 평온하게 미소 짓고 있는 플로라를 쳐다볼 뿐이었다.

"우리는 하늘과 땅의 중간에 있는 생명체야."

그가 설명하기 시작했다.

"인간의 마음과 세상의 영혼 사이에 있지."

그는 손바닥을 쭉 펴고 손을 내밀었다. 마치 주변에 에너지를 발산하는 것 같았다.

"우리는 나무 손을 통해 평화를 전달해서 세상을 지키고 있어."

닉이 한 손으로 탁자를 내리치며 큰 소리로 웃었다.

"플로라를 처음 만난 곳은,"

그는 그릇에 숟가락을 담그며 말했다.

"나무 여자 모임이었어. 나무 여자는 전국에 30명밖에 없단 거 아니?"

다리오는 여전히 대답이 없었다.

"미친 소리 같겠지만 정말 사실이야. 플로라가 말한 그대로야. 우리는 인생에 대해 모르는 것이 정말 많단다."

다리오는 닉을 쳐다보고 말했다.

"예를 들면 아빠가 엄마를 떠난 이유 같은 거죠."

별 생각 없이 불쑥 튀어나온 말이었다. 논쟁할 마음도 원망할 마음도 없었다. 수업이 끝났다든가 올여름은 더울 것 같다고 말하는 것처럼 별 의미 없는 말이었다.

"그게 지금 무슨 상관이니?"

닉이 숟가락을 들며 말했다. 다리오는 아래를 내려다보았다.

"그건 인생에서 가장 제가 궁금한 거예요."

닉은 앤디와 플로라에게 음식을 덜어 주고 그릇을 자기 앞에 두었다.

"정답이 없으니까 모르는 거란다. 다리오. 왜 엄마를 떠났냐고? 그 이유를 내가 어떻게 알겠니?"

다리오는 아무 말도 하지 않았다.

"이유는 없어. 그래야 할 것 같아서 떠난 거야. 그게 다야. 그 순간에는 그게 최선이었을지 모르잖아. 어쩌면 대지가 그렇게 결정한 걸지도. 음, 플로라, 어떻게 생각해?"

그는 시선을 마주치지 않는 플로라를 쳐다보며 말했다.

"제가 대왕이 아니라서 그런 거잖아요."

다리오가 기어 들어가는 목소리로 말했다.

"뭐? 젠장! 나도 쉽지 않았어. 가족을 떠나는 게 나라고 쉬웠겠니?"

다리오는 마음속으로 대답했다.

'알아요, 아빠. 쉽지 않았을 거 알아요. 그런데 함께 사는 게 더 곤욕이었겠죠. 저와 엄마, 둘만 남겨 두고 떠났어요. 엄마와 전 뭔가를 되찾길 바라면서 몇 년을 기다렸어요. 하느님이든 하늘, 대지

든 누군가 뭐라도 돌려주길 기다렸다고요. 하나가 사라지면 보상이 따르기 마련이잖아요.'

한편 앤디는 숟가락을 잡고 돌리며 수프를 떠먹으려고 애쓰고 있었다. 그러다가 수프에 숟가락을 빠뜨리고 말았다. 그러더니 탁자에 수프를 전부 쏟아 붓고 숟가락을 찾아 다시 집어 들었다. 골골 소리를 내면서 웃었고, 웃으면서 계속 시도했다.

다리오는 앤디의 손을 잡고 도와주었다. 앤디는 입을 벌려 혀를 이리저리 움직이며 수프를 빨아들였다.

'봤어?'

수프를 쭉 빨아들이면서 앤디가 자랑스럽게 말했다.

'봤지? 나도 할 줄 알아. 남들처럼 숟가락으로 먹을 줄 안다고, 알겠어?'

하지만 다리오는 앤디를 보고 있지 않았다. 그의 시선은 저 멀리 외딴 곳을 향해 있었다. 그는 벤치와 산책로, 보랏빛 하늘에 떠 있는 두터운 검은 구름을 보았다. 갈매기가 울부짖는 가운데 아이와 함께 있는 한 여인이 남몰래 조용히 눈물을 삼키고 있었다. 그리고 시선을 옮겨 산책로 맨 끝에 있는 하늘색과 흰색이 어우러진 가로대와 누군가 영영 떠나 다신 돌아오지 않는 가로수 길을 보았다.

"그래, 미안하게 됐어, 이제 됐니?"

닉이 다리오에게 말했다.

"미안하다는 말밖에 할 말이 없구나."

그러면서도 웃으며 다리오의 등을 두드렸다. 다리오는 움찔했다.

"지금 우리가 이렇게 만났잖아? 그게 중요한 거야. 이렇게 다시 만났으니까 이제부터 얼마든지 함께 지내도 좋아."

다리오는 대답하지 않았다. 구름을 쫓아내려 애쓰고 있었다. 벤치가 있는 곳까지 구름을 내려보내 울고 있는 여인과 한없이 길고 적막하기 그지없는 가로수 길이 보이지 않게 가리고 싶었다.

"알겠니, 다리오? 여기서 지내도 좋다고."

닉은 탁자 위로 손을 뻗어서 다리오의 목덜미를 움켜쥐었다.

"넌 내 아들이야, 다리오. 넌 다리오 대왕이야."

다리오는 웃으며 고개를 끄덕였고 다시 먼 곳을 바라보았다. 그 순간 수백만 킬로미터 떨어진 먼 곳으로 떠나고 싶었다. 저 멀리 다른 세상, 다른 은하계로 말이다.

이를테면, 집으로.

32

날이 컴컴해지자 그들은 차 안으로 들어갔다. 플로라는 차 안에 있었고, 잠든 지 벌써 2시간은 된 것 같았다. 나무 여자들은 일찍 잔다고 닉이 말했다. 광합성 때문이 아닐까?

다리오는 잠든 앤디를 차 안으로 옮겼다. 탁자 옆에 마련된 매트리스에 그를 조심히 내려놓았다. 제법 아문 상처에 연고를 발라 주었다. 그러고는 다시 밖으로 나왔다.

"밖에서 자도 정말 괜찮겠니?"

닉이 물었다.

"네, 그럼요. 처음도 아닌걸요."

닉이 웃었다.

"누가 봐도 내 아들이네? 자유로운 영혼이야. 그럼 잘 자라."

"안녕히 주무세요."

닉은 다리오에게 다가가 손으로 그의 한쪽 팔을 꾹 움켜쥐고는 금속 계단을 올라갔다.

"있잖아…"

문 앞에 멈춰 선 닉이 물었다.

"혹시 마리화나 있니?"

"마리화나요?"

"그래, 그거."

두 손가락을 입술에 가져다 대며 마리화나 피우는 시늉을 했다.

"혹시 있니?"

다리오가 고개를 저었다.

"그래야지."

닉이 말했다.

"내 아들 착하구나. 애들은 절대 안 돼."

닉은 잘 자라며 손을 흔들었다. 그리고 차 안으로 들어갔다.

'애들은 그런 거 피우면 안 된다고요? 물론 그렇죠, 아빠. 애들에게 허락된 적은 없었어요.'

다리오는 뒷주머니에 손을 넣었다.

'그런데 여기 있네요. 마리화나가 있다고요. 예상 못했겠지만 제

주머니에는 언제나 그게 있어요.'

누르는 대로 모양이 변하는 물체인 양 손끝으로 봉지를 만지작거렸다.

다리오는 맥주와 야생 아티초크가 담긴 그릇을 앞에 두고 차에서 아빠와 함께 마리화나를 피우는 상상을 했다. 아빠든 아니든 닉과 같은 사람과 함께한다는 상상만으로 불쾌감이 밀려왔다. 다리오가 닉과 함께 그걸 피우는 일은 절대 일어나지 않을 것이다.

다리오는 잠잘 준비를 마치고 선베드에 누워서 눈을 감았다. 갈매기는 여전히 울어 대고 머리 위 구름은 조금 전보다 가까이 내려와 있었다.

그는 이내 잠이 들었다.

다리오는 멀리서 들리는 시끄러운 소리에 잠에서 깼다. 숲속에서 날카로운 쇳소리가 울려 퍼졌다. 눈을 뜨고 소리에 집중했다. 트럼펫 소리 같았다.

별이 반짝이는 하늘을 바라보았다. 주변의 나무들은 죽은 듯이 움직임도 색깔도 없었다. 중간중간 끊기는 불안정한 트럼펫 소리가 들렸다.

'한밤중에 누가 이렇게 외딴 곳에서 트럼펫을 연주하는 거지?'

그는 일어나서 초원을 가로질러 길가로 나갔다. 좌우를 살폈고

저 아래 어둠에 가린 변전실과 깜빡이는 신호등이 보였다.

가벼운 바람이 도로를 한 번 쓸고 지나갔다. 트럼펫 소리는 더이상 들리지 않았다. 새 한 마리가 꺅꺅 울었고 자동차 한 대가 교차로를 지나갔다.

다리오는 발걸음을 돌렸다. 그때 갑자기 급정거 소리가 나더니 '쿵!' 적막을 뚫고 윙윙거리는 엔진 소리가 들렸다.

"이봐요!"

다리오가 소리를 질렀다. 아무 대답이 없었다.

"괜찮아요?"

침묵. 엔진 소리. 어두운 밤.

다리오는 달리기 시작했고 교차로에 도착해서 경사로를 내려다보았다. 빨간색 라이트를 켠 자동차 한 대가 어두운 시골길 한가운데 멈춰 있었다.

"이봐요!"

소리를 지르자 자동차는 황급히 출발해 어둠 속으로 사라졌다.

다리오는 실눈을 뜨고 보았다. 도로에 누워서 움직이지 않는 검은 형체가 보였다. 가까이 다가가 보니 새 한 마리가 있었다. 다리가 길었다. 왜가리 종류인 것 같았다. 다리오는 몸을 숙여 손을 뻗었다. 새는 발버둥 치며 날개를 푸드덕거렸다.

"괜찮아. 가만히 있어."

다리오가 말했다. 손으로 새를 감싸고 부드럽고 매끄러운 깃털을 어루만져 주었다. 그러자 새가 안정을 되찾고 고개를 들어 목을 쭉 뺐다.

그때 차 한 대가 교차로로 들어왔다. 다리오는 몸을 일으켰다.

"저기요!"

팔을 흔들며 외쳤다.

"멈추세요! 차 좀 세워 보세요!"

차가 멈추었다.

"무슨 일이니?"

여자가 차창을 내리며 말했다.

"새가 차에 치었어요."

여자는 차에서 내려서 다리오에게 다가갔다. 땅에 닿을락 말락 하는 긴 하늘색 겉옷을 입고 있었다. 수녀였다. 다리오가 벌떡 일어났다. 수녀가 물었다.

"다쳤니?"

"네, 어딘가 부러진 것 같아요."

다리오의 말에 수녀는 가늘고 부드러운 손으로 새를 만져 보았다. 그녀의 가냘픈 얼굴은 온화했고 두 눈동자는 갈색이었다.

"그래, 그렇구나, 한쪽 날개가 부러졌어."

그녀가 말하며 새의 등을 쓰다듬었다.

"이 근처에 아는 동물 병원이 있니?"

다리오는 고개를 저었다.

"아니요, 저는 여기 안 살아요. 여기…; 친구를 만나러 왔거든요."

그는 시선을 떨구었다.

"그렇구나."

수녀가 말했다.

"음, 치료를 받아야 할 텐데."

"좀 도와주시면 안 될까요?"

수녀가 다리오를 쳐다보았다. 당혹스러울 정도로 맑고 투명한 눈빛이었다.

"그래, 당연하지, 내가 도울게."

새를 다시 바닥에 내려놓았다.

"그대로 두렴, 몸을 감쌀 만한 것을 찾아볼게."

수녀는 자동차로 돌아가 트렁크를 열었다. 새는 크고 동그랗고 초점 없는 눈으로 주변을 둘러보았다.

"안심해."

다리오가 말했다. 새를 어르듯이 가슴에 꼭 안았다. 부드러운 가슴팍에서 새의 자그마한 심장이 뛰는 게 느껴졌다. 새는 다리오에게 몸을 맡긴 채 얌전히 있었다.

"여기로 데려오렴!"

수녀가 말했다. 두 사람은 살구가 담긴 봉지와 털실꾸러 바구니 사이에 있는 이불 위에 새를 가만히 내려놓았다.

"조심히, 그렇지, 잘했다. 동물을 아주 잘 다루는구나."

다리오가 웃었다.

"사람보다 동물과 더 친해요."

"음, 별 차이 없을 텐데."

수녀가 말했다.

"사람도 연약한 존재잖니. 사람의 날개도 가끔 부러지곤 한단다."

다리오는 차 옆으로 비켜섰다.

"한 명 알아요."

다리오가 말했다.

"날개가 부러진 사람이요. 휠체어에 의지해서 살아요."

"네가 돌봐 주고 있니?"

"아니요, 따로 돌봐 주는 사람이 있어요. 학교에서도요. 근데 그 사람은 멍청이예요."

다리오는 하던 말을 멈추고 수녀를 보았다.

"죄송해요."

"뭐가?"

그녀가 미소 지으며 말했다.

"너 같은 친구가 곁에 있어서 좋겠구나."

다리오는 시선을 떨구었다.

"아니에요, 그렇지 않아요. 그는 여기 있으면 안 돼요. 제가 데려 왔어요."

수녀는 아무 말도 하지 않았다.

"왜 데려왔는지 모르겠어요."

새가 움찔거렸다. 부리를 벌리고 고개를 들어 담요 밖으로 날개 를 펼치려고 했다. 수녀는 새의 몸을 조심스럽게 이불로 다시 감싸 주었다.

"걱정 말렴."

다리오에게 말했다.

"새는 내게 맡기고 너는 네 친구를 챙기렴. 그리고 네가 옳다고 생각하는 일을 하길 바란다."

그녀는 부드럽게 트렁크 문을 닫았다.

'옳은 일이라. 옳은 일이 뭐냐고 누군가 묻는다면?'

생각에 잠긴 다리오를 보고 수녀가 말했다.

"옳은 일이 뭔지 고민하는 자체가 이미 알고 있다는 뜻이야."

수녀가 말했다.

"네 생각보다 넌 훨씬 더 훌륭한 사람이란다."

수녀가 웃었다. 다리오는 손을 내밀었다가 다시 거두었다.

'수녀님에게는 어떻게 인사를 해야 하지?'

다리오는 생각 끝에 이렇게 말했다.

"지나치지 않고 도와주셔서 감사해요."

"새를 지켜 줘서 내가 더 감사한걸."

수녀는 차에 올라 출발했다.

다리오가 승합차로 돌아왔을 때, 앤디는 가녀린 두 다리를 쭈그리고 옆으로 누워서 자고 있었다. 다리오는 몸을 숙여서 바닥으로 늘어뜨린, 새의 날개처럼 연약하고 가느다란 앤디의 팔을 가슴께로 모아 주었다. 그리고 그 옆에 누웠다.

33

승합차가 기차역 광장에 멈추었다. 해가 벌써 중천이었지만 공기
는 시원했다. 닉은 시동을 끄고 뒷좌석을 돌아보았다. 앤디가 웃으
며 말했다.

"집."

"응, 그래."

닉이 따라서 말했다.

"집."

그는 운전석에서 나와 다리오에게 갔다. 몸을 숙이고 그의 어깨
를 잡고 흔들었다.

"잠들었네."

닉이 앤디에게 윙크를 하며 말하는 소리에 다리오가 눈을 떴다.

"벌써 도착했어요?"

"집⋯."

앤디가 말했다. 다리오는 일어나서 배낭을 들고 차 문을 열었다.

"음, 데려다주지 않아도 되겠지."

닉이 말했다.

"길을 잘 알고 있을 테니."

앤디를 휠체어에 태우고 있는 다리오를 향해 말했다.

"정말 당분간이라도 같이 지낼 마음 없는 거니? 플로라도 동의했어. 어젯밤에 얘기 다 끝냈어. 네 친구도 함께 있어도 좋아."

"아니에요, 말씀만이라도 고마워요."

다리오가 말했다.

"앤디가 너무 오래 집을 떠나 있었어요."

다리오가 한쪽 입꼬리를 올리며 웃었다.

"지금쯤 그의 부모님은 펄쩍 뛰고 난리가 났을 거예요."

닉이 웃었다.

"단단히 사고를 친 모양이구나? 대단해. 내 아들다워."

"좀 도와주세요."

다리오가 말했다. 두 사람은 앤디를 도로에 내려놓았다. 앤디가 웃었다.

"…아녕."

앤디는 닉에게 손을 내밀며 말했다.

"그래, 잘 가."

닉이 그의 손을 꼭 잡으며 말했다. 그런 다음 닉은 다리오에게 다가가서 안아 주었다. 차분히 숨을 쉬면서 잠시 동안 다리오를 안고 그대로 있었다.

"미안해."

그가 말했다.

"실망시켜서 미안하구나."

다리오는 가만히 있었다. 닉이 몸을 뗄 때까지 기다렸다.

"그럼,"

닉이 말했다.

"엄마에게 안부 전해 줘, 아니, 아니야, 그러지 않는 게 좋겠어. 그냥…, 너 하고 싶은 대로 해."

다리오는 그에게서 한 발 떨어져 휠체어의 시동을 켰다.

"안녕, 아빠."

다리오가 닉을 향해 말했다. 마지막으로. 그리고 길을 떠났다.

수만 가지 생각으로 머릿속이 복잡한 상태로 가로수 길에 들어섰다. 그 수많은 생각 중 예상외로 아빠는 극히 일부를 차지했다.

거의 없는 것이나 마찬가지였다. 정원과 플로라, 승합차, 이 모든 것이 꿈을 꾼 듯했다. 수년 전 읽은 책처럼 시간이 흘러 거의 잊힌 오래전 일 같았다. 그러다 어느 날 학교 가는 길에 그 책의 일부가 기억났던 것이다. 바람을 타고 나무 위로 날아가 저 멀리 바다로 사라져 버린 몇 장의 내용 말이다.

학교에 도착하자 다리오는 위층으로 이어진 경사로를 올라가 교장실의 문을 두드렸다. 문을 열고 들어간 뒤 다리오는 아무 말도 하지 않았다. 하얗게 질린 얼굴로 벌떡 일어나 책상 끄트머리에 기대어 선 교장 선생님을 보았을 뿐이었다.

피로가 파도처럼 밀려왔다.

34

그렇다, 다리오는 교정 시설 처분을 받을 위기에 있었다. 그럴 줄 알고 있었다. 이미 예상했던 일이고 피할 수 없는 것이다. 아무래도 상관없었다.

담배와 홀아비 냄새로 찌든 어둡고 위협적인 방에서 교장 선생님 앞에 앉아 있는 지금, 지금은 어떻게 되든 더더욱 상관없었다.

교장실에 다들 모여 있었다. 교장 선생님, 교감 선생님, 델프라티 선생님, 센터의 정신과 의사와 하이에나 같은 비서가 있었다. 심지어 수위 아저씨도 있었는데 그는 마치 심판의 날이라도 된 것처럼 콧수염 뒤로 미소를 짓고 있었다. 꼴도 보기 싫은 엘리사만 없었다. 다리오는 엘리사가 일을 그만둔 사실을 몰랐다.

그리고 앤디와 그의 부모님이 있었다. 다리오는 단 한 번도 그들을 쳐다보지 않았다. 들어와서 줄곧 고개를 푹 숙이고 신발 끝만 보았다. 쳐다본들 무슨 소용이 있을까? 그 자리에 모인 사람들이 무슨 생각을 하고 있을지 잘 알고 있었고, 그들의 판단이 옳다. 다리오 또한 그들과 똑같은 생각을 하고 있으니까. 아무래도 상관없었다. 심지어 교장 선생님이 그의 어깨를 부여잡고 사과나무처럼 흔들어 댔을 때도 그는 고개 한 번 들지 않았다.

"널 어쩌면 좋니?"

교장이 소리를 질렀다.

"널 어쩌면 좋니?"

델프라티 선생님이 따라 했다. 『피노키오』의 고양이와 여우 같았다. 다리오는 생각했다.

'어떻게 하고 싶으신데요? 제페토든 불 먹는 아저씨든 불러서 마음대로 하세요. 뭘 하든 상관없어요.'

앤디는 평소처럼 이 역겨운 광경 대신 먼 곳을 바라보며 눈을 굴리고 있었다. 다리오는 그런 앤디를 보며 생각했다.

'앤디, 넌 정말 대단해, 대단한 아이야. 나도 너처럼 그랬으면 좋겠어. 영화 한 편을 보듯이 멀찍이 앉아 웃으며 눈앞의 광경을 바라보는 너처럼.'

다리오는 앤디에게 물었다.

'있잖아, 앤디, 지금 보고 있는 영화 재밌어?'

'모르겠어, 방금 시작했거든.'

'난 벌써 본 영화야. 수십 번도 넘게.'

'그렇구나, 어떻게 끝나?'

'당연히 해피엔드는 아니야. 나를 어디로 보낼지 알아?'

'아니, 너를 어디로 보내?'

'교정 시설.'

'그게 뭔데?'

'나처럼 삐뚤어진 사람들을 바로잡는 곳이야.'

'삐뚤어진 사람들? 그럼 나도 가야지, 나도 똑바로 세워 주겠네.'

'너? 무슨 소리야? 넌 여기 모인 사람들을 전부 합친 것보다 훨씬
바른 사람이야.'

'무슨 소리야, 나도 삐뚤어졌어. 안 보여?'

앤디는 팔을 뻗으면서 몸을 구부렸다.

"세상에!"

누군가 소리쳤다.

"팔을 움직였어요!"

"팔?"

또 다른 누군가 말했다.

"팔이요. 방금."

'네, 맞아요. 그가 팔을 움직였어요.'

다리오는 생각했다.

'사실 손도 움직여요. 프란치스코 성인처럼 제가 기적을 행했어요. 어쩌면 제가 한 일이 아닐지도 몰라요. 예전부터 움직일 수 있었는데 당신들이 눈치채지 못한 걸지도 모르죠. 제가 뭘 알겠어요? 저는 그저 썩은 사과에 불과한데⋯ 다들 저를 그렇게 생각하잖아요?'

누군가 밖으로 뛰쳐나갔고 몇몇 사람들이 들어와서 앤디를 데리고 나갔다.

'안녕, 다리오.'

앤디가 옆을 지나가면서 말했다.

'곧 보자.'

'아니야, 앤디, 그러지 못할 거야. 우린 다시 만나지 못할 거야.'

문이 닫혔다. 교장 선생님과 단둘이 남았다. 그는 한숨을 쉬고 책상으로 돌아갔다.

"그래, 다리오."

그가 손을 모으면서 말했다. 다리오는 웃으며 속으로 생각했다.

'존경하는 교장 선생님, 숨을 고르고 제 얘기를 들으세요. 그런다고 달라질 건 없죠? 제가 무슨 말을 하든, 무슨 짓을 하든, 저는 언제나 썩은 사과일 뿐이잖아요? 교장 선생님께서 제게 가르쳐 준 거예요. 그래서 드리는 말씀인데요. 악의는 없어요. 선생님이 무슨 말을 하든, 어떤 처벌을 내리든 저는 아무 상관없어요.'

35

다리오는 말도 안 하고 먹지도 않고 방에서 꼼짝하지 않았다. 그렇게 며칠을 있었는지, 몇 개월, 몇 년을 있었는지 알 턱이 없다. 방에 틀어박혀서 시간 가는 줄 어찌 알랴?

엄마는 방에 노크를 하고 들어와 의자에 쟁반을 놓아두고 나갔다. 다리오는 문 뒤에서 엄마가 흐느껴 우는 소리를 들었다.

다리오, 대왕. 그가 정말로 대왕이었다면 이 모든 일은 결코 일어나지 않았을 것이다. 이런 식으로 도망치지도 않았을 것이다. 그리고 도망갔다 하더라도 다시 돌아오는 일은 없었을 것이다. 대왕다웠다면 그랬을 것이다.

물론 꼭 이렇게 단정 지을 수만은 없다. 사실 어떤 게 대왕다운

216

건지 잘 모른다. 위대함은 책상 앞에 앉아서 결정하거나 설명하고 계획할 수 있는 것이 아니다. 누군가에게 대왕이 되어 달라고 요청할 수 있는 것도 아니다. 대왕은 그 자체로 대왕이다. 본래 그렇다. 모든 일에 이유가 있는 것은 아니다. 아빠가 왜 떠났을까? 모든 일에 이유가 있는 건 아니다.

그런데 어떤 이유 하나가 그를 따라다니며 괴롭혔다. 컵 속에 갇힌 파리 한 마리처럼 그의 머릿속을 돌아다녔다. 엄마는 왜 다리오에게 이유를 말해 주지 않았을까? 실제로 어떻게 된 일인지, 이 모든 것이 엄마의 잘못도 다리오의 잘못도 아닌, 전적으로 아빠 탓이었다고 왜 말하지 않았나? 집에 몰래 들어가 가방에 다 들어가지도 않을 만큼 많은 물건을 챙겨서 도둑처럼 떠난 사람은 아빠였다. 대체 엄마는 왜 사실을 말해 주지 않은 걸까?

아침이 밝았다. 다리오는 발로 의자를 툭 걷어찼다. 천장을 보며 돌아누웠다. 창가에 갈라진 틈을 보았다. 다시 반대로 돌아누웠다. 그러다 저녁이 되었다.

다리오는 끈이 풀린 신발을 신고 조용히 거실을 지나갔다. 엄마가 뒤따라오며 큰 소리로 이름을 부르는 소리가 들렸다. 그는 문을 열고 거리로 나가 경적을 울리며 멈춰 선 차들 사이를 달리기 시작했다.

달리다가 숨이 턱까지 차올라서야 강렬하고 충동적인 생각에 잠겨 고개를 푹 숙이고 걷기 시작했다. 언덕길로 들어섰고 꼭대기까지 올라갔다. 멈추고 호흡을 가다듬었다.

몽글몽글 피어나는 연기 위쪽은 이상하리만큼 평온했다. 그 아래에는 고요한 도시가 마치 냉동식품 포장지 같은 얇은 빛에 싸여 저만치 둥둥 떠 있었다. 오랜만에 돌아온, 변함없이 투명한 거품 속에서 얼어붙은 도시다. 무해하고 악의 없는 거품이다.

심장 박동이 느려졌다, 하나, 둘…, 하나, 둘…. 그러다가 다시 리듬을 회복했다. 하나, 둘…, 하나, 둘….

다리오는 눈을 감았다. 밝고 부드러운 빛과 몸이 떠오를 정도로 가벼운 공기를 맞으며 눈을 떴다. 한쪽 다리를 들어서 언덕과 텅 빈 공간을 분리하는 벽을 타고 올라갔다.

'해 봐, 다리오, 어서.'

아빠의 목소리가 도시를 가둔 따뜻한 거품을 뚫고 올라오는 듯했다.

'그렇게 해, 이유는 묻지 말고. 이유는 없어. 모든 일에 이유가 있는 건 아니야.'

다리오는 구름을 올려다보았다. 구름 사이에서 아빠의 얼굴이 나타났고 텅 빈 하늘에 연기가 피어올랐다.

"할까요? 정말? 그렇게 했으면 좋겠어요? 아빠?"

'그래, 다리오, 어서 해, 뭘 망설이니? 어차피 잃을 것도 없잖아?'

다리오는 움직이지 않았다. 아빠가 웃으며 팔을 벌렸고 바람을 맞으며 오라고 말했다. 다리오는 아빠를 보았다. 공기와 무로 만들어진 그의 텅 빈 눈을 바라보았다.

"저는 아빠와 달라요."

끝내 다리오는 이렇게 말했다.

잠깐 동안 아빠의 모습이 흔들리더니 이내 사라졌다가 다시 나타났다.

"저는 아빠와 달라요. 기억 안 나요? 저는 다리오예요, 다리오 대왕이라고요. 아빠가 저를 그렇게 불렀잖아요."

바람, 흩날리는 연기, 적막, 텅 빈 하늘. 다리오는 벽에서 내려왔다.

"제가 뭐라고 할 것 같아요?"

크게 숨을 내쉰 뒤 외쳤다.

"사라져 버려!"

'아, 다리오, 나는 네 아빠야…'

"지옥으로 사라져 버려요! 사실…"

다리오는 주머니에 손을 넣어 봉지를 꺼냈다.

"마리화나 있어요, 아빠. 보여요? 여기 그게 있다고요. 줄까요?"

그는 잎을 한 줌 쥐어서 공중으로 날렸다.

"여기요, 받으세요!"

갈색 잎이 공중에 흩어졌고 바람에 실려 날아갔다.

"어서, 받으세요. 더 있어요. 많이 있으니까, 가지세요. 다 가져가세요."

또다시 한 줌 집어 날렸다. 또 한 줌. 이어서 또 한 줌. 잎이 하늘로 날아가 저 멀리 사라졌다. 마리화나와 권태, 역겨움, 아빠와 초록색 머리의 플로라, 엘리사, 학교, 교장 선생님과 교정 시설, 델프라티 선생님, 썩은 사과 다리오, 그리고 다리오가 살았던 세상은 이제 날아가 버리고 없다. 다리오, 바로 그, 진짜 다리오는 언덕 위 벽 뒤에 있었다. 그 외에는 무의미하고 공허한 것이었으며, 꽁꽁 얼어붙은 도시 위로 흩날리는 누런 눈처럼 역겨운 것이었다.

다리오가 집에 돌아왔을 때 엄마는 창가에 서 있었다. 다리오는 현관에 멈춰서 엄마를 보았다. 세월에 지친 연약한 엄마를 유심히 보았다. 그녀는 매일같이, 언제나, 그와 함께 있어 준 딱 한 사람이었다.

"다리오."

엄마가 말했다. 그는 고개를 숙이고 낯선 사람의 호감을 받아들이는 강아지처럼 가만히 있었다.

"걱정했잖아."

엄마는 다리오를 안으며 말했다. 주먹으로 셔츠를 꽉 움켜쥐며

아들을 꼭 껴안았다.

"알아요, 엄마, 미안해요."

다리오가 입을 열었고 망설이다 결국 말해 버렸다.

"아빠에게 갔었어요."

"지금 어디 계신지 알아요? 플로라와 함께 있어요."

엄마는 아무 말도 하지 않았다. 잠시 동안 그를 껴안은 채 가만히 있었다. 그러다가 한 걸음 물러나 휘둥그레진 눈으로 두 손을 입술로 가져갔다.

'엄마, 왜 말하지 않았어요?'

다리오가 생각했다. 엄마를 뚫어져라 보았다. 한 손에 엽서를 들고 엄마의 눈을 바라보았다.

"왜 말하지 않았어요? 나 때문이 아니라고요. 이렇게 된 게 다 아빠 때문이라고 왜 말하지 않았어요?"

엄마는 자신의 손으로 다리오의 손을 감싸고 주먹을 쥐었다. 엽서가 오래된 잎사귀처럼 구겨졌다.

"어린 네가 그걸 어떻게 감당하겠니?"

엄마는 아들의 뺨을 닦아 주며 말했다.

36

전화가 계속 울렸다. 엄마는 가스 불을 켜 둔 채 전화를 받으러 달려갔다. 부엌에 돌아와 보니, 오늘은 해가 서쪽에서 떴는지 다리오가 부엌에서 오븐 장갑을 끼고 프라이팬을 흔들고 있었다.

"뭐 하니?"

엄마가 웃으면서 물었다.

"그러게요, 음식을 태울 순 없잖아요."

엄마는 잠시 동안 새어 나오는 웃음을 참을 수 없었다.

"이제 내가 할게."

그녀가 말했다.

다리오는 거실로 가서 소파에 앉아 기다렸다. 손으로 허벅지를 때리며 동시에 카펫 위의 발을 동동 구르고 있었다.

'왜 이렇게 긴장되는 걸까?'

살면서 집에 누가 오건 단 한 번도 신경 써 본 적이 없었다. 정확히 말하자면, 때만 되면 케이크와 꽃을 들고 찾아오는 사람들을 문둥병 환자 취급하며 늘 피하기 일쑤였다. 그런데 지금 그가 기다리는 손님은 때만 되면 찾아오는 그런 얼간이가 아니었다.

초인종이 울렸고 엄마가 문을 열었다.

"…아리오!"

앤디가 소리쳤다. 다리오가 벌떡 일어났다.

"안녕, 달리는 바보."

다리오가 그에게 다가가며 말했다.

"달리는 보…"

앤디가 입을 크게 벌리며 따라 했다. 앤디가 다리오 앞에 멈추었다.

"새 휠체어야?"

다리오가 무릎을 꿇고 앉으며 말했다.

"와. 왜 새로 샀어?"

'이건 내가 혼자 조종할 수 있거든.'

앤디가 대답했다. 그는 혀를 내밀어 소리를 내며 팔걸이의 레버를 밀었다. 그랬더니 휠체어가 원을 그리며 한 바퀴 돌았다. 휠체어가 돌면서 탁자와 안락의자, 신문 바구니에 세게 부딪쳤다.

"앤디! 조심해!"

앤디의 엄마가 소리쳤다.

"앤디…"

엄마의 손에 이끌려 앤디는 레버에서 손을 뗐다. 휠체어가 멈추었다. 앤디는 레버를 옆으로 한 번, 앞으로 한 번 밀었다. 그러자 휠체어는 천천히 전진해서 다리오 앞에 멈추었다.

'봤지? 어때?'

'음, 솜씨가 제법이네.'

'당연하지. 이건 아빠가 준 선물이야.'

'락-카는 이제 안 타?'

'응. 이제 필요 없어.'

'그것도 멋졌는데, 안 그래?'

'최고였지. 그런데 넌 어떻게 지냈어?'

'난 별거 없어, 늘 똑같아.'

'교정 시설은 어떻게 됐어?'

'거긴, 안 가도 돼. 이유는 묻지 마. 나도 왜 그런지 몰라.'

'아쉽다, 거기 가고 싶어 했잖아.'

'음, 아직 시간 있잖아, 내년에 갈 수도 있어.'

그때 누군가가 다리오에게 인사를 건넸다.

"안녕, 다리오."

다리오가 고개를 들었다.

"안녕하세요."

다리오는 벌떡 일어나며 말했다. 움직이는 검은 눈동자가 그를 쳐다보고 있었다. 앤디는 그의 아빠를 정말 많이 닮았다. 다리오는 앤디의 아빠가 내민 손을 잡았다.

"아직 제대로 인사를 못 했구나."

"네…."

"있잖니,"

앤디의 아빠가 말했다. 뒤를 돌아 다리오의 엄마와 이야기하고 있는 아내를 보았다.

"잠시 얘기 좀 할 수 있을까?"

"물론이죠. 말씀하세요."

"단둘이."

"제 방에 가실래요?"

"그래."

그들은 방에 들어가 문을 닫았다. 앤디의 아빠는 방을 한 번 쓱 둘러봤다. 바닥에는 바지와 끈 운동화, 뒤집어 벗어 놓은 셔츠, 빈 접시가 놓인 쟁반이 널브러져 있었다.

"조금 지저분하죠…."

다리오가 목을 긁적이며 말했다.

"괜찮아. 있잖니, 다리오, 그 일 말이야…"

그는 깊숙이 숨겨 놓은 물건을 찾기라도 하는 듯 다리오의 눈을 똑바로 쳐다보았다.

"밖에 있을 때 네가 앤디에게 뭘 어떻게 한 건지는 모르겠지 만…"

다리오는 배를 한 대 얻어맞은 기분이었다.

"저는 아무 짓도 안 했어요…"

그가 말했다. 한 발 뒤로 물러나서 문에 기대었다.

"정말 맹세해요. 앤디에게 아무 짓도 하지 않았어요."

"알아, 진정하렴."

앤디의 아빠가 끼어들었다. 그리고 두 손으로 손짓을 하며 말했다.

"그런 뜻이 아니야, 아무 짓도 하지 않은 거 잘 알아."

그는 미소를 지었고 침대에 앉았다.

"오히려, 그 반대지."

그는 잠시 아무 말이 없었다.

"앤디 봤니?"

이렇게 말했다.

"그 애가 어떻게 말하고 반응하는지, 얼마나 몸을 잘 움직이는지 봤니? 널 만나기 전엔 이런 적이 없었단다. 네가 어떻게 한 건지는 모르겠지만, 앤디가 휠체어 생활을 시작한 이후로 아무도 하지 못한 걸 넌 4일 만에 해냈단다."

앤디의 아빠는 일어나서 창가로 갔다.

"그래서 말인데, 다리오. 네가 어떻게 한 건지는 모르겠지만, 계속 그래 줬으면 좋겠어."

그러고는 뒤를 돌아 의미심장한 표정으로 다리오를 쳐다보았다. 확고하고 강렬하고 단호하면서도 따뜻하고 부드럽고 편안한 눈빛이었다. 바로 그게 아들을 바라보는 아버지의 눈빛이 아닐까 다리오는 생각했다.

"난 너희 둘이 계속 잘 지냈으면 해."

다리오가 숨을 내쉬며 생각했다.

'와, 이런 얘기일 줄 누가 상상이나 했을까?'

"오해하지 마, 그를 돌보거나 도와달라는 게 아니야. 계속 잘 지내 줬으면 좋겠어. 잠시만이라도 그 애와 함께 있어 줬으면 해. 예전처럼."

다리오는 아무 말 없이 그를 바라보았다.

"다리오, 네게 이런 부탁을 하다니, 이기적이라 생각하겠지만 뭐라고 대답을 해 줬으면 좋겠구나."

"아니, 네…"

다리오가 대답했다.

"죄송해요, 예상 못한 일이라서요."

"솔직히, 나도 그렇단다. 앤디의 엄마가 얼마나 화가 났었는지 알지? 화가 머리끝까지 나서 너를 고소하려고 했어, 알고 있지? 감옥에 보내는 진짜 고소 말이다, 다리오."

"알아요. 죄송해요."

그는 다리오를 바라보며 미소를 지었다.

"아니, 죄송할 일은 아니야."

그가 말했다.

"너희 둘 다 신나게 놀다 왔잖니."

"음, 그건 사실이에요."

그는 목덜미를 만지며 웃었다.

"그렇지? 바로 그거야. 내 말이 바로 그거란다, 다리오."

그는 고개를 흔들며 다시 앉았다.

"네겐 재능이 있어. 정말, 대단한 재능이지. 그런데 네가 그 사실을 모른다는 게 더 굉장한 거야. 우리는 아무나 못하는 일을 할 줄 아는 사람들의 이야기를 자주 듣지. 이를테면 음악이나 예술, 수학에 재능 있는 사람들 얘기 말이야. 난 네가 그런 사람이라고 생각해. 넌 앤디 같은 사람들을 대하는 데 재능이 있는 것 같아."

다리오는 고개를 저었다.

"저를 호되게 야단치실 줄 알았어요."

그가 웃었다.

"음, 그럴까도 생각했었지. 그러면 이렇게 하자. 난 널 혼내지 않을 테니까 넌 방금 내가 한 말을 잘 생각해 보렴."

"정말이세요?"

다리오가 물었다.

"교장 선생님이 뭐라고 하실지…."

"교장 선생님은 걱정하지 마, 벌써 얘기 끝났단다."

"괜찮다고 하셨어요?"

그가 눈썹을 치켜올렸다.

"그럼 이제, 생각해 볼래?"

거실에서 앤디의 소리가 들렸다.

"생각하고 말 것도 없어요."

다리오가 말했다.

"벌써 결정했어요. 좋아요."

앤디의 아빠가 웃었다.

"좋아."

그가 말했다. 다리오에게 손을 내밀었다.

"실례할게요, 들어가도 될까요?"

엄마가 방문을 열었다.

"앤디가 배고프다네요, 식사가 준비됐어요."

"식사해야죠."

앤디의 아빠가 침대에서 일어나며 말했다.

"그러고 보니 저도 배가 고프네요."

그들은 거실로 돌아갔고 앤디는 이미 식탁에 앉아 있었다.

'다리오, 어디 갔었어?'

앤디가 말했다.

'한 시간이나 기다렸어. 여기 빵도 있어.'

다리오가 앤디를 물끄러미 쳐다보았다.

'왜 그래?'

'별거 아니야. 생각하고 있었어.'

'무슨 생각?'

'내가 해야 할 일. 그런데 내가 할 수 있을지 모르겠어.'

'음, 그래도 해 봐, 내가 도와줄게.'

감사의 말

이 책은 실화를 바탕으로 쓴 이야기이다. 장애를 이겨 낸 안드레아의 놀라운 이야기이자 편견 없는 현명한 교육의 힘에 대한 이야기다. 장애를 가졌다는 것은 어떤 일에 한계가 있다는 것을 뜻한다. 하지만 장애가 오히려 우리의 시선을 바꿔 세상에 무한한 발전 가능성을 줄 수 있다. 이 책은 그것을 보여 주는 두 아이의 강렬한 삶의 의지가 담긴 이야기이다.

물론 실화를 바탕으로 한 여느 소설과 마찬가지로 창작된 부분도 있다. 일부는 실제 일어난 일이 아니거나 극적 전개를 위해 각색되었다. 이 이야기에서 다리오는 실제 있었던 인물이 아니고 만들어 낸 인물이다. 하지만 사실 다리오는 우리 주위 어디에나 있을

법한 현실적인 인물이기 때문에 완전히 허구의 인물이라고 단정 지을 수만은 없다.

이 책을 펴내기까지 여러모로 애써 주신 많은 분들께 감사의 인사를 전하고 싶다. 먼저 파비올라가 들려준 이야기, 영상, 사진을 통해 알게 된 안드레아에게 감사를 표한다. 안드레아는 그의 삶을 통해 내게 강렬한 에너지와 삶의 의지를 전해 주었다. 그리고 파비올라에게 감사하고 싶다. 그녀의 도움이 없었더라면 나는 장애에 대해 이해할 수도 없었을 뿐더러 이 이야기가 탄생하지도 못했을 것이다.

그리고 내 인생의 뮤즈이자, 쓴소리를 아끼지 않은 니콜레타, 반항적이면서도 활기찬 열다섯 살의 마테오에게 고맙다고 전하고 싶다. 나는 그의 학교생활 이야기를 들으며 이 이야기의 실마리를 얻었다. 그리고 작품 속 등장인물 락과 그의 집을 떠올리게 해 준 로넌 번과 골웨이, 아낌없는 신뢰를 보여 준 로도비카, 마지막으로 이 귀중한 작업의 기회를 마련해 준 최고의 편집자 로사에게 감사의 뜻을 전한다.

한계를 움직이고 넘어선
안드레아의 이야기

내가 처음 만난 안드레아는 연약했고 세상의 위험을 피해 보호막에 싸인 채 매우 열악한 환경에서 지내고 있었다.

안드레아의 교육을 맡게 되었을 때, 우리는 결코 그가 중증 장애인이라서 못할 것은 없다고 생각했다. 해마다 기획한 여러 가지 프로그램에서 그의 장애가 걸림돌이 된 적은 단 한 번도 없었다. 여럿이 함께하는 단체 학습 활동은 언제나 새로운 방식으로 이루어졌다. 그리고 아이들이 자신을 표현하고 또 서로를 알아 가도록 격려했다. 그 과정을 통해 안드레아의 용기를 북돋아 주고 잠재력을 최대한 이끌어 내기 위해서였다.

안드레아는 자신의 불리한 신체 조건을 핑계 삼아 우리를 속이고, 기대치를 한껏 낮춰 원하는 것을 손쉽게 얻을 수도 있었다. 하지만 그동안 우리가 함께해 온 과정을 보면 안드레아가 얼마나 시야가 넓고, 자신감과 열정 그리고 성장하고자 하는 의지가 대단했는지 알 수 있다. 이 모든 노력은 물론 안드레아에게 장애의 한계를 뛰어넘게 만들어 주었다.

안드레아가 세상을 떠난 지도 2년이 지났지만, 여전히 위대한 본보기로 내 마음속에 자리 잡고 있다. 그는 좀처럼 만족스러운 결과가 나오지 않을 때도 포기하지 않고 끈기 있게 나아가는 사람들 중단연 1등이었다.

한계를 움직이고 넘어선다. 언제나. 이것이 바로 안드레아가 내게 가르쳐 준 것이고, 그의 이야기가 일깨워 준 것이다.

안드레아에 대한 이야기를 써 준 가브리엘레에게 감사의 뜻을 전하고 싶다. 가브리엘레는 탁월한 감수성과 재능으로 안드레아와 장애에 대해 섬세하면서도 복잡한 감성적 세상을 되찾아 주었다.

파비올라 베레타(Fabiola Beretta)

ATLHA 의장

ATLHA에 대하여

ATLHA는 1986년 리노 브룬두(Lino Brundu)가 창설하고, 현재 파비올라 베레타(Fabiola Beretta)가 의장을 맡고 있는 장애인 여가 활동 지원 협회이다. 장애인들이 사회에 나와 잘 어울리고 적응할 수 있도록 다양한 여가 활동을 돕는다. 본 협회는 편안한 여행, 교육, 훈련, 스포츠 활동은 물론 장애인들이 전문가와 일하며 경력을 쌓을 수 있도록 지원을 아끼지 않는다.

ATLHA는 이탈리아 밀라노의 트렌노 공원 내부에 있는 뷰티풀 파크에 본사를 두고 있다. 뷰티풀 파크는 밀라노에 위치한 최초의 놀이 공간으로 흥미로운 레크레이션 활동뿐만 아니라, 주거 시설 관리도 담당한다.

www.atlha.it

옮긴이의 말

『내 손안의 태양』은 두 사춘기 소년의 우정을 다룬 성장 소설이다. 학교 밖을 나와 다리오와 앤디가 함께한 여행은 무작정 떠난 목적 없는 여행 같지만 자유를 찾아 떠난 여행이라고 할 수 있다.

다리오와 앤디는 자신들을 불만 가득하고 불필요한 아이들로 정의하고 판단하는 어른들의 세상에서 달아나 스스로를 알아 가고 잠재력을 발견한다. 특히 몸을 가눌 수조차 없던 앤디는 다양한 사람들과 어울리고 더듬거리는 말로 의사 표현을 하는 등 시간이 갈수록 놀라운 변화를 보여 준다.

주변 사람들이 앤디를 그저 '장애아' 혹은 '운이 없는 아이', '불쌍한 아이'라고 칭할 때 다리오는 그를 '크리스털이나 한 송이 꽃처럼 연약하지만 아름다운 존재'라 정의한다. 장애인에 대한 우리 사회의 시선이나 인식이 예전보다 나아진 것은 사실이지만 아직도 편견을 갖고 대하는 사람들이 많다. 작가는 편견이 의지의 문제라기보다 습관의 결과라고 말한다. 편견은 생각이라는 번거로운 과정을 거치지 않고 의견을 표출할 수 있는 미리 포장된 상품과 같다는 것이다. 결국 편견은 아름다움을 보는 눈을 멀게 한다.

마음을 따뜻하게 만들어 주는 책이다. 가브리엘레 클리마는 솔직하고 섬세하게 독자의 감성을 어루만진다. 굉장히 가볍게 읽히지만 묵직한 메시지를 던진다. 청소년 소설이지만 아직 어른이 되지 못한 어른들에게 권하고 싶은 책이다.

편견은 어른들이 흔히 하는 실수라고 작가도 말한다. 작가는 사춘기 소년의 눈을 통해 어른의 마음에 일침을 가한다. 장애인에 대한 인식은 이 책에서 말하는 대로 편견을 풀고 세상을 바라보는 시각에서 출발한다. 다른 듯 너무나 닮은 두 아이가 4일 간의 여행을 통해 보다 성숙해졌듯이 인생에서 한층 성장하기 위해서는 도전이 필요하다는 것 또한 일깨워 주는 소설이다.

최정윤

아라미 청소년문학 01

내 손안의 태양

초판 1쇄 발행 2021년 12월 20일

가브리엘레 클리마 지음 최정윤 옮김
펴낸곳 도서출판 아라미
펴낸이 백상우
편집 정유나 디자인 이하나 마케팅 성진숙 관리 정수진
등록번호 제313-2009-131호
주소 서울시 마포구 토정로 192 진영빌딩 206호 전화 02-713-3257 팩스 02-6280-3257
E-mail aramy777@naver.com

ISBN 979-11-88510-56-6 43880